Craig Massey:

DIE GEISTERINSEL

Craig Massey

DIE GEISTERINSEL

Schulte + Gerth

Die amerikanische Originalausgabe erschien
unter dem Titel
„Captain Daley's Crew and the Missing Houseboat"
im Verlag Moody Press, Chicago, USA.

Aus dem Amerikanischen von Esther Uffelmann

Best.-Nr. 815 843
ISBN 3-89437-843-3
6. Auflage 1997
Umschlagfoto und -gestaltung: Michael Wenserit
Illustrationen: Egon Schwartz
Druck und Verarbeitung: Ebner Ulm

DAS VERSCHWUNDENE HAUSBOOT

Mops, der Dicke, lag unter dem alten, knorrigen Apfelbaum hinten im Garten und brachte sich langsam in eine bequemere Lage. Sein Kopf lag im dichten Gras, während er in den tiefblauen Junihimmel starrte und zufrieden fragte: »Ist dies nicht ein idealer Tag, für den Beginn unserer Sommerferien?«

Spinne, der längste Junge in der Bande, seufzte und erwiderte: »Ich sag es ja! Die Schule ist ganz in Ordnung, aber Ferien sind doch noch wesentlich besser!«

Ich sah auf meine Armbanduhr und sage: »Halb zwölf. Da wollte Ralf doch hier sein! Wo er nur bleibt?«

»Ich weiß es nicht, aber er wird sicher bald kommen«, erwiderte Mops. Nach einer Pause fuhr er fort: »Georg! Reich mir doch noch ein paar Plätzchen herüber. – Ich habe

Hunger!«

Ich lachte, als ich ihm einige von den Honigplätzchen, die seine Mutter gebacken hatte, zuwarf. »Dein Spitzname paßt genau zu dir, Mops! Wenn du so weiter ißt wie jetzt, bist du bald so dick wie ein Elefant!«

Spinne zwinkerte mir zu und sagte mit seiner krächzenden Stimme: »Georg, wie kannst du nur sagen, daß Mops viel essen würde. Du weißt ebensogut wie ich, daß er nur einmal am Tag ißt.«

»Ja«, gab ich zurück, »aber diese eine Mahlzeit beginnt beim Aufstehen und hört nicht eher auf, als bis er in den Federn liegt.«

»Kinder, ihr seid eine Qual für mich«, erwiderte Mops gutmütig, blinzelte mit seinen hellblauen Augen und stopfte sich ein neues Plätzchen in den Mund. Das eine muß man ja Mops lassen: Wir ziehen ihn zwar ständig auf, aber er ist kein bißchen empfindlich. Natürlich necken wir ihn nicht so viel, daß er ärgerlich wird. Wir machen das nur aus Spaß.

Von Mopsens Haus her hörten wir jemand rufen und sahen Ralf auf uns zugestürzt kommen. Ich konnte es seinem sommersprossigen Gesicht ansehen, daß er aufgeregt war, aber auf die schreckliche Nachricht, die er brachte, war ich nicht gefaßt.

»Hallo, Jungs!« keuchte er. »Habt ihr die Neuigkeit schon gehört?« Ohne auf eine Antwort zu warten, fuhr er fort: »Käpt'n Dells Hausboot ist verschwunden!«

Wir drei sprangen von unseren Plätzen auf und starrten Ralf entgeistert an. Dann stürmten wir mit Fragen auf ihn ein.

»Wann denn?«

»Wohin ist es gefahren?«

»Hat es jemand gestohlen?«

Ralf hob seine Hände. »Einen Augenblick, Jungs! Ich kann nicht alle Fragen auf einmal beantworten!«

Das war einzusehen, und so hörten wir ihm schließlich ruhig zu.

»Also paßt auf. Wahrscheinlich schlief

Käpt'n Dell heute Nacht bei Pastor Brack, und als er heute morgen zur Anlegestelle zurückkehrte, war das Hausboot nicht mehr da. Niemand hat gesehen, was geschah, und niemand weiß, wo es ist.«

Ich fragte weiter: »Hast du Käpt'n Dell gesehen?«

»Ja«, erwiderte Ralf. »Vor einer Weile kam er an unserem Haus vorbei und erzählte die Neuigkeit. Er war ziemlich niedergeschlagen. Trotzdem zitierte er seinen Lieblingsvers aus der Bibel, Römer 8, 28: ›Wir wissen aber, daß denen, die Gott lieben, alle Dinge zum Besten dienen, denen, die nach dem Vorsatz berufen sind.‹ «

Das war typisch für Kapitän Dell. So dunkel auch alles aussehen mochte, er zitierte immer ein Bibelwort, das die Situation gleich weniger schlimm erscheinen ließ.

»Kommt, wir gehen zur Anlegestelle hinunter! Vielleicht können wir Käpt'n Dell helfen, sein Boot zu finden«, schlug Spinne vor.

Wir verließen den schattigen Platz unter dem Apfelbaum und machten uns auf den Weg. Wir schritten die Kirschenstraße hinunter in Richtung Hauptstraße, die direkt zu der Anlegestelle am Ufer führt.

Wir waren ungefähr einen halben Häuserblock weit gegangen, als Mops ausrief: »Jungs, wartet einen Augenblick! Ich muß schnell noch einmal zurücklaufen. Ich habe etwas Wichtiges vergessen.« Wir streckten uns in dem kühlen Gras eines unbebauten Grundstücks aus, während Mops, so schnell er konnte, nach Hause watschelte.

Was meint ihr, was er bei sich hatte, als er wieder zu uns stieß? Eine große Tüte Pfefferkuchen! Was war das bloß für ein Junge! Er dachte immer nur an seinen Magen, egal, was auch geschehen mochte.

Kapitän Dell war ein liebenswerter, weißhaariger alter Mann. Vor vielen Jahren hatte er einen riesigen Ozeandampfer befehligt. Eines Tages hatte er sich zur Ruhe gesetzt und war nach Schnackdorf zu seiner Tochter gezogen. Nach einigen Wochen hatte er festgestellt, daß er nicht ohne das beständige Auf und Ab der Wellen unter sich schlafen konnte. Er kaufte sich daher ein kleines Hausboot und richtete es sich als Wohnung ein.

Er nannte es »Arche Noah«, obwohl das einzige Tier an Bord ein träger, alter Kater namens Brummer war. Kapitän Dell nannte ihn so, weil er die meiste Zeit schnurrte und dabei brummende Geräusche von sich gab. Der Kapitän richtete sich sein Heim gemütlich ein. Für mich war es die schönste Wohnung, die ich mir vorstellen konnte. Die drei Räume dienten als Küche, Wohnzimmer und Schlafzimmer. Ich finde, es war alles ganz prima. An den Fenstern hingen schöne, weiße Gardinen, und auf dem Fußboden lagen schmucke kleine Teppichstücke. Kapitän Dell lud unsere Bande oft in sein kleines Boot ein. Manchmal nahm er uns auch zu einem Fischzug mit hinaus auf den blaugrünen Atlantischen Ozean. Er fuhr dann immer ein paar Kilometer östlich bis zur Schnackdorfbucht.

Vorn in der »Arche Noah« war ein kleiner Raum, in dem sich die Schalthebel befanden. Oftmals hatte uns Kapitän Dell schon das Boot mit dem riesigen Steuerrad lenken lassen.

Wir hatten den alten Mann kennengelernt, als er die Jungschar in unserer Gemeinde übernahm. Sofort begannen wir, uns für die Sache zu interessieren, denn der Kapitän erklärte uns die Bibel lebendig und spannend. Er erzählte uns, wie Jesus Christus auf die Erde gekommen war, um alle, die in der Sünde verloren waren, zu suchen und zu retten. Nach der Bibel ist jeder ein Sünder und braucht die Gnade Gottes. Er erzählte uns, wie Jesus Christus an unserer Stelle die Strafe für unsere Sünden auf sich genommen hat. Wir brauchten nur an Jesus zu glauben und unsere Sünden bereuen, dann würden wir sofort Gottes Kinder werden und später einmal im Reiche Gottes mit ihm zusammensein. Nun, es war noch nicht lange her, da hatten wir Jungen den entscheidenden Schritt getan und Jesus als unseren Herrn angenommen. Ich kann nur sagen, es war einer der schönsten Tage in unserem bisherigen Leben.

Wir vier aus Kapitän Dells Gruppe hielten von da an fest zusammen und waren beinahe jeden Tag nach der Schule bei ihm. Das merkten unsere Kameraden sehr bald und neckten uns, indem sie uns »Kapitän Dells Besatzung« nannten. Doch wir mögen den Namen gern. Deshalb macht es uns nichts aus, wenn die anderen uns damit aufziehen wollen.

Mops, der eigentlich David Hartmann heißt, ist der Jüngste in unserer Bande. Er ist gerade dreizehn geworden, wiegt aber am meisten von allen. Das kommt davon, daß er tagsüber ständig mit Essen beschäftigt ist.

Donald Keller kommt als nächster. Er ist vierzehn. Keiner nennt ihn Donald, nur seine Mutter, wenn er etwas ausgefressen hat, und das ist sehr oft der Fall. Er ist lang und dünn und hat Ohren, die wie Segel abstehen. Ich kenne keinen anderen Jungen, der so schnell ist wie er. Er ist so flink wie eine Katze und ein guter Turner. Jedermann nennt ihn »Spinne«.

Ralf Thoma ist der Älteste. Er ist beinahe fünfzehn und einer der besten Christen, die ich bisher kennengelernt habe. Wenn er erwachsen ist, will er als Missionar nach Afrika gehen.

Ralfs hellbraunes Haar fällt ihm ständig in die Augen, obwohl er sich sehr bemüht, es nach hinten zu kämmen.

Ich bin Georg Taler und zwei Wochen älter als Spinne. Ich necke ihn oft damit, daß ich ihm überlegen bin, weil ich älter bin, aber er geht überhaupt nicht darauf ein.

Nun zurück zu unserer Geschichte! Zehn Minuten, nachdem Ralf die erstaunliche Nachricht über das verschwundene Hausboot gebracht hatte, erreichten wir die Anlegestelle. Eine kleine Gruppe Neugieriger hatte sich dort versammelt, und wir erspähten Kapitän Dell, der mit dem Polizisten von Schnackdorf sprach.

Als Kapitän Dell uns sah, rief er uns zu: »Hallo, Jungs! Seid ihr gekommen, um das Geheimnis des verschwundenen Hausboots lösen zu helfen?«

Ein kalter Schauer lief mir den Rücken herunter, als der Kapitän das Wort »Geheimnis« aussprach.

Ralf antwortete: »Wenn wir etwas tun können, um Ihnen zu helfen, Käpt'n Dell, dann sagen Sie es uns nur, und Sie haben vier ausgezeichnete Detektive, die für Sie arbeiten.«

»Junge, Junge!« rief Mops. »Ich wollte schon immer ein Detektiv sein! Denkt doch nur: Wenn wir die frechen Schurken schnappen, die das Hausboot gestohlen haben, werden wir berühmt!«

Kapitän Dells Augen zwinkerten, als er

lachte. »Nicht so voreilig, Mops! Ich habe nicht gesagt, daß die ›Arche‹ gestohlen wurde. Ich vermute vielmehr, daß sie sich gelöst hat und aus der Bucht getrieben wurde. Wenn ihr wollt, dann nehmt Ralfs Ruderboot, und seht euch ein bißchen nach ihr um.«

Das mußten wir uns nicht zweimal sagen lassen. Im Nu waren wir an der Anlegestelle, wo Ralf sein Ruderboot vertäut hatte. Armer Mops! Keuchend versuchte er, Schritt mit uns zu halten. Als wir im Boot saßen, war er so erschöpft, daß er sich wie ein nasser Sack zu Boden fallen ließ.

Ralf ergriff die Ruder und steuerte auf das obere Ende der Bucht zu. Er sagte: »Wir werden zuerst am Nordufer suchen, denn die Flut kam in der vergangenen Nacht, und der Wind blies von Süden her. Das bedeutet, daß die ›Arche‹ dort oben sein müßte.«

»Es kommt mir recht komisch vor, daß sie sich gelöst haben soll. Käpt'n Dell ist immer sehr vorsichtig«, sagte Spinne.

Im Nu waren wir an der Anlegestelle.

Ralfs sommersprossiges Gesicht wurde ernst. »Ich habe genau das gleiche gedacht«, sagte er. »Es würde mich nicht wundern, wenn wir auf ein großes Geheimnis stoßen würden.«

Wir wechselten uns in der nächsten Stunde mit dem Rudern ab, aber wir entdeckten kein Zeichen von dem Hausboot. Sogar Mops übernahm die Rolle des Ruderns.

Spinne lachte. »He, Mops, je mehr du ruderst, um so weiter treiben wir — zurück.«

»Donald Keller«, erwiderte Mops mit seiner langsamen, tiefen Stimme, »es sind deine Ohren, die uns aufhalten. Bitte, ziehe sie doch ein.«

Spinne plätscherte mit dem Wasser und dachte daran, wie er ihm das wohl heimzahlen könnte. Er reichte mit seiner Hand in das Wasser und spritzte Mops naß.

Wir hatten viel Spaß, und bald waren wir wieder an der Anlegestelle.

Kapitän Dell kam mit einem besorgten

Ausdruck im Gesicht zu uns herüber. »Ihr habt nichts gefunden, nicht wahr?« fragte er.

»Nein«, antwortete ich.

»Ich habe es mir gedacht, daß ihr nichts finden würdet, denn kurz nachdem ihr weg wart, entdeckte ich, daß die Seile der ›Arche Noah‹ fein säuberlich durchschnitten waren. Das bedeutet, daß jemand sie gestohlen hat«, erklärte der Kapitän.

»Gibt es irgendwelche Anhaltspunkte?« fragte Ralf.

»Bis jetzt keinen einzigen«, erwiderte der Kapitän, »aber Polizist Braun hat einen Suchtrupp ausgesandt.«

»Warum wollte nur jemand Ihr Hausboot haben?« fragte Spinne.

»Ich weiß es nicht, Jungs, aber ich bin sicher, daß sich alles zum besten kehren wird. Denkt immer daran, daß die Bibel uns sagt: ›Ärgere dich nicht über die Bösen.‹ «

»Hört Jungs, ich habe Hunger. Laßt uns nach Hause gehen und essen. In einer Stunde können wir uns hier wieder treffen und den ganzen Nachmittag über das Geheimnis nachsinnen«, schlug Mops vor.

Das war eine gute Idee, und wir machten uns auf den Weg nach Hause.

EIN ERSTER ANHALTSPUNKT

Ralf und ich gingen nach Hause. Ralfs Mutter saß in einem bequemen Sessel auf der weißen Veranda vor dem Haus.

»Georg«, rief sie, »warum kommst du nicht herein und ißt mit uns?«

Das paßte mir ausgezeichnet, und so erwiderte ich, mich meiner guten Manieren erinnernd: »Vielen Dank. Das würde ich sehr gern tun, Frau Thoma.«

Ich telefonierte meiner Mutter, damit sie sich keine Sorgen wegen meines Fortbleibens machte.

»Mutter«, fragte ich, »hast du schon gehört, daß Käpt'n Dells Hausboot verschwunden ist?«

»O nein!« rief sie aufgeregt.

Ich erzählte ihr das Geheimnis mit dem gewissen Unterton in der Stimme, den ein

Junge anschlägt, wenn er Neuigkeiten berichtet, die ein anderer noch nicht kennt.

Als ich fertig war, sagte Mutter: »Georg, der Kapitän hat ja jetzt keine Bleibe. Sag ihm, daß er bei uns im Haus wohnen kann, solange, bis sich die Dinge geklärt haben.«

Das paßte mir ausgezeichnet, und sofort überlegte ich, daß mir der Kapitän dann jeden Abend vor dem Zubettgehen eine seiner aufregenden Seemannsgeschichten erzählen könnte.

Mutter lädt öfters Leute zu uns ein. Wenn Missionare in unsere Stadt kommen, verbringen sie fast immer ein paar Tage in unserem Haus. Ich finde das prima, denn dadurch lerne ich viele interessante Leute kennen.

Als ich den Telefonhörer auf die Gabel zurücklegte, sah ich, daß Frau Thoma inzwischen eine riesige Portion auf den Tisch gestellt hatte. Bis zu diesem Zeitpunkt hatte ich vergessen, daß wir fast zwei Stunden später zum Mittagessen kamen als sonst. Ich kann dir sagen, das Essen sah vielleicht lecker aus! Schön garnierter Rinderbraten, Kartoffelpüree, Karotten und Sellerie; das große Stück Erdbeertorte zum Nachtisch sah jedoch am besten aus.

Bevor wir über die Köstlichkeiten herfielen, sprach Ralf das Tischgebet. Er schloß auch den Kapitän und die Bitte um das Auffinden seiner »Arche« in sein Gebet mit ein. Ein gutes, warmes Gefühl stieg in mir auf, denn ich wußte, daß der Herr Jesus Gebete erhört und beantwortet. Viele Male hatte er mir geholfen, mich in Prüfungen an etwas zu erinnern, das mir aus dem Gedächtnis entschwunden war. Auch viele andere Male hatte er mir geholfen, wenn ich ihn darum gebeten hatte. Ich habe herausgefunden, daß nichts zu klein und nichts zu groß für Gottes Hilfe ist.

Frau Thoma sagte: »Es ist schade um Kapitän Dells Boot, aber ich denke, daß sich die Sache bald aufklären wird. Ich kann mir nicht vorstellen, daß es jemand gestohlen hat.

Ich glaube, daß es sich finden wird. Es ist bestimmt die Bucht hinabgetrieben.«

»Nein, Mutter, es ist gestohlen worden. Die Taue wurden sauber durchgeschnitten«, sagte Ralf.

»Wo sollen sie es denn versteckt haben?« fragte Ralfs Mutter.

»Es gibt viele Plätze in dem Marschland, wo ein Boot von der Größe der ›Arche Noah‹ versteckt werden kann«, erklärte Ralf.

Nachdem wir unser zweites Stück Erdbeertorte gegessen hatten, machten Ralf und ich uns auf zur Anlegestelle.

Mops und Spinne waren noch nicht da, aber dafür eine riesige Menschenmenge, und alle sprachen über die »Arche Noah«. Herr Braun, der Polizist, war auch da, die Daumen in die Westentasche geklemmt und ein großes, glänzendes Abzeichen auf der Brust.

Der Reporter von Schnackdorf fragte ihn: »Können Sie schon irgendeine Angabe zu dem Vorfall machen, Herr Wachtmeister?«

Ich konnte sehen, wie Polizist Braun sich förmlich aufrichtete, als er sagte: »Ich nehme an, daß ein paar Kinder dem Kapitän einen Streich spielen wollten. Wir werden das Geheimnis bald gelüftet haben.«

Ich sagte nichts darauf, aber ich wußte, daß Polizist Braun da falsch lag. Alle Jungen in der Stadt mochten den Kapitän, und ich konnte mir keinen vorstellen, der ihm etwas Böses antun wollte.

»Hier kommt gerade mein Suchtrupp zurück. Sie werden sicher Neuigkeiten bringen«, sagte der Polizist, indem er auf eine Motorbarkasse zeigte, die aus der Richtung der Geisterinsel auf die Anlegestelle zusteuerte.

»Wir konnten keine Spur von dem Boot finden, Herr Wachtmeister«, sagte einer der Männer, als er an Land sprang.

»Habt ihr die Bucht abgesucht?«

»Ja, Herr Wachtmeister, und wir sind die ganze Küste der Geisterinsel entlanggefahren«.

Polizist Braun sah verdutzt aus, als er seinen blauen Hut abnahm und sich die Glatze kratzte.

»Das ist aber eigenartig«, murmelte er. »Ich denke, wir gehen jetzt besser zurück ins Büro. Vielleicht ist eine Nachricht von den anderen Küstenstädten eingetroffen. Wir sandten eine allgemeine Meldung aus, doch auf das Boot zu achten.«

Die Geisterinsel ist ein interessanter Ort. Sie ist ungefähr zehn Kilometer lang und drei Kilometer breit und liegt etwa vier Kilometer östlich von Schnackdorf. Wenn man an der Geisterinsel vorbeifährt, ist man direkt im Atlantischen Ozean.

Die Insel ist flach und felsig, mit vielen winzigen Häfen und Buchten, die in sie hineinragen. Hier und da strecken ein paar verkrüppelte und windzerzauste Bäume ihre Kronen in den Himmel, aber zum größten Teil ist die Insel eine Wildnis von Büschen und Reben.

Die Geisterinsel ist so flach, daß der größte Teil unter Wasser steht, wenn die Flut kommt. Manchmal, wenn ein heftiger Nordostwind vom Atlantischen Ozean bläst, steht die ganze Insel unter Wasser.

Nach einer alten Legende erhielt die Geisterinsel ihren Namen vor vielen, vielen Jahren, als eine furchtlose Bande von Piraten die Insel als Hauptquartier benutzte. Eine schwarze Flagge mit einem weißen Totenkopf flatterte über ihren Schiffen, wenn sie die Ufer verließen, um die mit Schätzen beladenen Schiffe auf hoher See zu plündern. Eines Tages brach eine Gruppe von Seeleuten in die Höhle der Piraten ein und brachte sie alle um. Man erzählte sich, daß die Geister der Piraten dageblieben seien, um die Reichtümer, die die Piraten in den Sandstrand vergraben hatten, zu bewachen.

Keiner von unserer Bande glaubt an Geister, deshalb machen wir uns nichts daraus, zur Insel hinüberzurudern und zu fischen oder zu zelten.

Sehr bald war die Anlegestelle wieder leer, und Ralf und ich waren allein. Wir stöberten hier und da herum, um eine Spur von dem vermißten Hausboot zu finden. Wir kontrollierten die Taue und sahen, daß der Kapitän recht hatte; sie waren ganz glatt durchgeschnitten.

Das tiefe Summen eines schweren Motors zog unsere Aufmerksamkeit auf sich. Ein Motorboot sauste durch die Bucht in Richtung Geisterinsel.

»Das Boot habe ich noch nie gesehen«, sagte Ralf.

»Ich auch nicht«, stimmte ich ihm zu, »es gehört wohl jemand von den Leuten, die ein Sommerhäuschen an der Bucht gemietet haben.«

Unsere Augen folgten dem Boot, bis es unseren Blicken am Nordufer der Insel entschwand. Ralf strich sich eine Haarlocke aus

Ein Motorboot sauste durch die Bucht in Richtung Geisterinsel.

den Augen und sagte gedankenvoll: »Georg, ich glaube, wir sollten einen Ausflug zur Geisterinsel unternehmen und dort ein bißchen nachforschen. Es könnte sein, daß der Suchtrupp der Polizei etwas übersehen hat.«

»Die Idee ist nicht schlecht. Wir könnten uns morgen ein Paket Butterbrote einstecken und unsere Angelruten mitnehmen. Falls dann jemand da ist, werden sie keinen Verdacht schöpfen«, erwiderte ich.

»Du hast recht. Nun laß uns zurückgehen und weitersuchen«, sagte Ralf.

Er beugte sich über den Rand der Anlegestelle, indem er sich an einem großen Holzstoß festhielt und kletterte fast bis ans Wasser hinunter. Ich untersuchte die Anlegestelle von oben. Plötzlich hörte ich einen ohrenzerreißenden Schrei. Ich nahm an, Ralf sei ins Wasser gefallen, doch eine Sekunde später hörte ich seine Stimme wieder: »He, Georg, ich habe etwas gefunden!«

Ich stürzte an den Rand der Anlegestelle

und sah, wie er sich mit einer Hand an einen Balken klammerte, während er in der anderen Hand ein kleines Stück dunkelblauen Stoffes hielt. Ich beugte mich hinunter, um ihm zu helfen, wieder auf die Anlegestelle zu klettern.

»Ich fand dieses Stück Stoff an der Stelle, wo Käpt'n Dell seine ›Arche‹ vertäut hatte. Keiner konnte da hinunterkommen, solange das Boot hier war, und ich weiß, daß es in den letzten drei Wochen nicht losgebunden wurde«, stellte Ralf fest.

»Vielleicht hat sich jemand vor mehr als drei Wochen sein Kleid hier zerrissen«, warf ich ein.

»Nein, mein Lieber!« sagte Ralf bestimmt, »sieh dir das doch mal näher an, dann mußt du zugeben, daß der Riß ganz frisch ist.«

»Gut, vielleicht hatte einer von der Suchtruppe heute morgen einen Unfall«, sagte ich.

»Nein, Georg, das glaubst du doch auch nicht. Keiner von ihnen hatte etwas Blaues

Ich beugte mich hinunter, um ihm zu helfen.

an, außer dem Polizisten, und der fuhr nicht mit.«

»Ich glaube, du hast recht«, stimmte ich zu, denn Ralfs Argumente schienen mir recht einleuchtend zu sein.

Dann erschienen auch Mops und Spinne auf der Bildfläche. Jeder aß ein riesiges Stück Schokoladenkuchen mit Zitronenguß. Ralf und ich waren so aufgeregt, daß wir sie nicht einmal um einen Bissen baten.

Wir gaben ihnen einen ausführlichen Bericht über unsere neue Entdeckung. Mops, immer noch mit vollen Backen kauend, sagte: »Nun brauchen wir nur noch einen Mann aufzustöbern, der einen Riß in seiner blauen Jacke oder Hose hat, und wir haben die Strolche, die die ›Arche‹ gestohlen haben.«

»Das wird wahrscheinlich nicht so einfach sein. Er wird die Sachen sicher nicht mehr tragen, wenn sie zerrissen sind. Laßt uns zu Polizist Braun gehen und ihm zeigen, was wir gefunden haben«, sagte Ralf.

Wir bummelten die Hauptstraße hinunter zu dem höchsten Gebäude von Schnackdorf. Die drei Stockwerke wurden vom Postbüro, vom Gericht und von Polizist Braun benutzt.

Zu unserem Erstaunen fanden wir Kapitän Dell dort, als wir eintraten.

»Hallo, Jungs!« Der Kapitän grüßte uns mit einem breiten Grinsen, das sich über das ganze wettergebräunte Gesicht zog. »Habt ihr die ›Arche‹ schon gefunden?«

»Nein, aber eine Spur. Dieses Stück Stoff hing an einem Nagel, genau dort, wo Sie das Boot festgemacht hatten. Ich denke, daß der Dieb sich die Kleider zerrissen hat«, erklärte Ralf.

Polizist Braun lehnte sich über den Schreibtisch und nahm das Stückchen Stoff aus Ralfs Hand. Ich sah an seinem Gesichtsausdruck, daß er nicht besonders beeindruckt war.

»Mir scheint, daß die Kinder aus einem Floh einen Elefanten machen. Dieses Stück

Stoff bedeutet gar nichts«, sagte er gewichtig.

Ralf versuchte noch einmal zu erklären, daß es doch ein wichtiger Hinweis sein könnte, aber Polizist Braun lachte nur. »Ihr Jungen geht besser spielen und überlaßt diese Detektivarbeit älteren und klügeren Köpfen«, sagte er.

Wir trotteten ziemlich niedergeschlagen aus dem Büro. Auf der untersten Treppenstufe warteten wir auf Kapitän Dell. Ich wollte ihm von Mutters Einladung erzählen.

Bald hörten wir ihn die Treppe herunterkommen, und ich sprang auf: »Käpt'n Dell, meine Mutter würde sich freuen, wenn Sie bei uns wohnten, solange, bis das Geheimnis aufgedeckt ist.«

Der Kapitän lächelte freundlich, und ich wußte, daß die Einladung angenommen war. Als wir nach Hause gingen, sagte er: »Jungs, es kann sein, daß das Stück Stoff doch etwas bedeutet, und es wäre gut, wenn ihr die Augen weiterhin offenhieltet.«

Ich fühlte mich schon wieder wesentlich besser, und die anderen waren auch bald wieder selbstbewußter. Ich mochte diese Art, wie Kapitän Dell uns behandelte; der Polizist hatte uns »Kinder« genannt und nur gelacht.

Die großen, schattigen Ahornbäume saßen voller Vögel, die ihre Lieder fröhlich hinausschmetterten. Kapitän Dell bemerkte das ebenfalls und sagte: »Die Bibel beschreibt diese Art Wetter in vollkommener Weise: ›Denn siehe, der Winter ist vergangen, der Regen hat aufgehört, die Blumen kommen aus der Erde, die Zeit der singenden Vögel ist gekommen.‹ «

EIN NEUER FREUND

Klingelingeling! Früh am nächsten Morgen machte mich der Wecker darauf aufmerksam, daß es Zeit war aufzustehen und mich für den kommenden aufregenden Tag fertigzumachen. In Windeseile war ich aus dem Bett gestürzt und hatte mich angezogen, nicht so wie an Schultagen, an denen ich stets in der Hoffnung herumtrödelte, daß sich irgendein Wehwehchen oder ein Schmerz einstellen möge, so daß ich nicht zu gehen brauchte. Nicht daß ich die Schule haßte; ich gehe ganz gerne hin, aber Ferien sind doch weit besser.

Sekunden später sprang ich die Treppe hinunter, indem ich drei Stufen auf einmal nahm. Ich fühlte mich so hungrig wie ein Bär, der gerade aus einem langen Winterschlaf erwacht ist. Mutter trug eine Platte frischer, goldbrauner Brötchen herein und setzte sie auf den Tisch. »Es ist alles fertig!« rief sie mit fröhlicher Stimme.

Vater bat Kapitän Dell, das Tischgebet zu sprechen, und sobald er »Amen« gesagt hatte, fiel ich über die Brötchen her. Junge! Waren die gut, bestrichen mit reinem, rotem Kleehonig aus unseren eigenen Bienenstöcken!

»Mir scheint, daß du völlig ausgehungert bist, Georg«, sagte der Kapitän, nachdem ich mein neuntes Brötchen gegessen hatte.

»Wir werden den Tag damit zubringen, das Geheimnis des vermißten Hausboots zu lüften. Deshalb brauche ich eine besondere Art von Energie, die nur in diesen Brötchen ist«, sagte ich, um mich zu verteidigen.

Das Gesicht des Kapitäns wurde ernst, und er erwiderte: »Ich hoffe, daß sich die Sache bald aufklärt. Ich habe vorher nicht darüber gesprochen, aber ich legte vorgestern tausend D-Mark in mein Geheimfach. Es würde mir ja nicht soviel ausmachen, wenn es mein Geld wäre, aber es war Missionsgeld für Familie

Felders in Indien.«

Ich wußte, wie dem Kapitän zumute war, denn ich hatte einmal fünfzig Pfennig verloren, die Mops gehörten.

Vater langte nach der Bibel, wie er es jeden Morgen tat, bevor er in sein Eisenwarengeschäft ging. Er schlug das einundzwanzigste Kapitel der Offenbarung auf. Das ist das Kapitel, das von dem Ort erzählt, wo einmal alle wiedergeborenen Christen für immer sein werden. Als Vater mit dem Lesen fertig war, fühlte ich mich damit getröstet, daß ich das eines Tages alles mit eigenen Augen sehen würde. Der Vers, den ich besonders gern mochte, hieß: »Und Gott wird abwischen alle Tränen von ihren Augen, und der Tod wird nicht mehr sein, noch Leid, noch Geschrei, noch Schmerz wird mehr sein; denn das ist alles vergangen.«

Mein Vater betete, und man brauchte ihm nur zuzuhören, um zu wissen, daß er mit dem Herrn sprach. Es war gut zu wissen, daß zwei so wunderbare, kluge Leute wie Vater und Kapitän Dell Christen waren.

Ich entschuldigte mich, als ich vom Tisch aufstand, nachdem Vater geendet hatte, und lief hinüber zu Mopsens Haus, wo wir uns vereinbarungsgemäß treffen wollten.

Als ich Mops sah, mußte ich mich beinahe setzen. Der riesige, schlappige Strohhut auf seinem Kopf reichte fast bis an seine Augen, und er mußte seinen Kopf in die Höhe strekken, um unter der schlaff herabhängenden Krempe hervorsehen zu können. In der einen Hand hielt er ein unheimlich großes Stück Mokkakuchen und in der anderen einen angebissenen Apfel. Er sah aus wie eine Vogelscheuche, die mein Vater jeden Sommer in den Garten stellt, um die Vögel abzuschrekken.

Spinne kicherte: »Georg, glaubst du, daß man sich mit diesem wandelnden Pilz sehen lassen kann? Denn so sieht Mops mit diesem Hut doch aus.«

»Wenn die Schurken ihn in der Nähe des Hausbootes sehen, dann denken sie bestimmt, es spukt«, fügte Ralf hinzu.

»Ich glaube, ihr wäret heute noch froh, auch einen solchen Hut zu haben, um euch gegen die Sonne zu schützen«, sagte Mops, während er ein Stück Kuchen abbiß und dann noch einen Apfelbiß dazunahm, um den besonderen Geschmack zu erhöhen.

»Also Jungs, wenn wir zur Geisterinsel hinausfahren wollen, dann machen wir uns am besten jetzt auf den Weg«, schlug Ralf vor.

Es dauerte nicht lange, bis wir unsere Angelruten und Butterbrote geholt hatten. Nach einer halben Stunde machten wir uns auf zu Thomas' Anlegestelle.

»Laßt uns einen Augenblick bei Vaters Geschäft anhalten und ein paar neue Angelhaken holen«, schlug ich vor. Wir mußten auf dem Weg zur Anlegestelle sowieso an dem Laden vorbei. Daher hatte niemand etwas gegen diese kleine Verzögerung.

Im Handumdrehen hatten wir die Haken und eilten hinaus. Mops sagte: »Wartet, Jungs, mein Schuhband ist lose.«

Als er sich einem riesigen Farbtopf zuwandte, um sich daraufzusetzen, sah ich, daß der Deckel nicht ganz fest war. »Paß auf, Mops!« rief ich, aber es war schon zu spät. Eine Sekunde später steckte Mops in einer Zwanzigliterbüchse mit leuchtendroter Farbe.

Vater kam zu uns herausgelaufen. Als sein Blick auf Mops fiel, der mit seinem breitrandigen, über das Gesicht gerutschten Hut tief in der Farbe saß, blieb er stehen. Einen Augenblick lang starrte er ihn an. Dann brach er in ein solches Gelächter aus, daß sich sein ganzer Körper schüttelte.

Wir halfen dem armen Mops aus der Farbbüchse heraus. Ich glaube, daß ich niemals zuvor etwas Lustigeres gesehen habe. Sein Hosenboden war so rot wie ein Feueralarm-

Eine Sekunde später steckte Mops in einer Zwanzigliterbüchse mit leuchtendroter Farbe.

kasten.

Nachdem wir uns ausgelacht hatten, sagte Ralf: »Du gehst jetzt nach Hause, Mops, und ziehst dich um. Wir treffen uns an der Anlegestelle.«

Mops watschelte die Straße hinunter, wobei er sich krampfhaft bemühte, sein Hinterteil vor den Leuten zu verstecken, die vorbeigingen. Wir warteten unter einer großen Ulme am Rande des Wassers auf ihn.

Plötzlich bemerkte ich einen dunklen, lokkenköpfigen Jungen unseres Alters, der Steine ins Wasser warf, und fragte die Bande: »Jungs, habt ihr den schon einmal gesehen?« Nach genauerem Hinsehen sagten Ralf und auch Spinne, daß sie ihn noch nie gesehen hätten.

»Kommt, wir wollen ihn kennenlernen«, schlug Ralf vor.

»Du bist neu in unserer Stadt, nicht wahr?« rief Spinne.

Der Fremde kam herüber zu uns und antwortete: »Ja, wir sind erst vorgestern hierhergezogen.«

Wir stellten uns vor, und ich konnte Karl Renner gleich gut leiden. Inzwischen war auch Mops wieder aufgetaucht, und wir stellten ihn unserem neuen Freund vor.

»Niemand nennt mich Karl. Alle rufen mich Kalle.«

»Dein Spitzname ist also nicht ›Löckchen‹?« fragte Mops.

Kalle grinste von einem Ohr zum anderen. »Nein, und ich muß sagen, ich war ein bißchen erstaunt, daß du Mops genannt wirst anstatt ›Tönnchen‹.«

Mops lachte: »Wir können nicht nur nach dem Aussehen gehen!«

Ralf warf ein: »Kalle, wir wollen das Geheimnis des vermißten Hausboots lösen.«

»Ich habe davon gehört«, sagte Kalle.

Ralf fuhr fort: »Würdest du gern mit zur Geisterinsel kommen und nach verdächtigen Anhaltspunkten suchen?«

»Das wäre fein«, antwortete er, und ich konnte sehen, wie glücklich er war, Freundschaft geschlossen zu haben.

Wir ruderten hinüber zur Geisterinsel, und ich muß gestehen, daß ich jetzt ganz gern Mopsens Hut gehabt hätte, denn die Sonne stach doch heftig.

Wir weihten Kalle in unser Geheimnis ein, und er erzählte uns, daß er immer in einer großen Stadt gelebt hätte und wie froh er nun wäre, nach Schnackdorf gekommen zu sein. Schon bald verstanden wir uns so gut, als ob wir uns lange kennen würden.

»Hört einmal«, sagte Kalle, »ich habe gestern ein großes Beet Wassermelonen in dem Garten neben unserm Haus entdeckt.«

»Der gehört Herrn Daniel«, brachte ich vor.

»Was meint ihr, sollen wir nicht die Melonen holen, wenn sie reif sind, und dann eine Mitternachtsparty feiern?« schlug Kalle vor.

Ich sah, wie sich Ralfs Gesicht verdüsterte,

und auch ich fühlte mich von Kalle enttäuscht. Sicherlich war er kein Christ, sonst wäre er nicht auf die Idee gekommen, Wassermelonen zu stehlen.

Ralf erwiderte ruhig: »Kalle, wir feiern keine Parties mit gestohlenen Sachen.«

»Warum nicht?«

»Nun«, fuhr Ralf fort, »wir sind Christen, und Christen geben sich Mühe, bei allem, was sie tun, ihrem Herrn Jesus keine Schande zu bereiten. Das Melonenfeld zu plündern würde bedeuten, daß wir die Melonen stehlen. Wir wären ja dann Diebe, und Christen stehlen nicht.«

Kalle sah verwirrt aus. »Ich denke doch, daß ich auch ein Christ bin, aber das würde mich nicht hindern, Wassermelonen zu stehlen.«

»Ich sollte vielleicht genauer erklären, was ich meine«, sagte Ralf. »Siehst du, in der Bibel steht, daß alle Menschen gesündigt haben. Ein anderer Vers sagt: ›Der Tod ist der Lohn der Sünde; aber das Geschenk Gottes ist ewiges Leben durch unsern Herrn Jesus Christus.‹ Das bedeutet, daß ein Junge erst dann ein Christ ist, wenn er den Herrn Jesus Christus als seinen persönlichen Retter und Heiland in sein Herz aufgenommen hat.«

Kalle sah interessiert drein. »Das habe ich bis jetzt noch nicht gehört.«

»Der Vers in Johannes 3, 16 erklärt die ganze Sache: ›So sehr hat Gott die Welt geliebt, daß er seinen einzigen Sohn gab, auf daß alle, die an ihn glauben, nicht verlorengehen, sondern das ewige Leben haben‹«, fuhr Ralf fort.

Kalle fragte: »Habt ihr Jungs alle Christus angenommen?«

»Ja«, antwortete Spinne. »Käpt'n Dell, dem das Hausboot gehört, ist unser Sonntagsschullehrer, und er hat uns alle den Weg zu Jesus gezeigt.«

»Glaubt ihr, ich könnte auch in eure Sonntagsschule kommen?« fragte Kalle.

»Sicher«, sagte Ralf und ging dann gleich aufs Ganze. »Aber du brauchst nicht darauf zu warten, bis der Käpt'n mit dir spricht. Du kannst den Herrn hier und jetzt annehmen.«

Kalle zögerte einige Augenblicke und sagte dann: »Gut, ich werde es mir überlegen.«

In den folgenden Minuten sagte keiner viel, jeder war mit seinen eigenen Gedanken beschäftigt. Von da an stand Kalle Renner auf meiner täglichen Gebetsliste, denn ich wollte, daß er auch ein Christ würde.

Kurz danach glitt unser Boot auf das sandige Ufer der Geisterinsel. Mein Herz schlug direkt schneller in der Vorfreude, nun vielleicht bald das Geheimnis lüften zu können.

EINE DOPPELTE ENTDECKUNG

Nachdem wir das Boot ans Ufer gezogen und es sorgfältig hinter einigen Büschen versteckt hatten, sagte Ralf: »Wenn wir uns in zwei Gruppen aufteilen, können wir zweimal soviel Land absuchen.«

Wir stimmten alle zu und beschlossen, daß Mops, Spinne und Kalle im Süden auf Entdeckungsjagd gehen sollten und Ralf und ich am Nordufer.

»Es ist jetzt bald zwölf; um fünf Uhr können wir uns hier wieder treffen«, sagte ich. »Das ist eine Menge Zeit, um Anhaltspunkte zu suchen.«

Gerade als wir uns trennen wollten, sagte Spinne in seiner ulkigen Art: »Ich bin irgendwie froh, daß zwei von uns mit Mops gehen. Wenn nämlich ein Windstoß daherfegt und seinen Hut mitnimmt, können wir ihn festhalten; dann ist die Gefahr, unseren kleinen Freund zu verlieren, nicht so groß.«

Ralf und ich machten uns auf den Weg dem Nordufer entlang. Wir hielten unsere Augen offen, um irgendwelche Spuren von Kapitän Dells Hausboot zu entdecken, aber wir fanden nichts.

»Das sieht nach einem guten Platz zum Fischen aus«, sagte Ralf und deutete auf eine felsige Halbinsel. »Laß es uns für eine Weile versuchen und beobachten, ob irgendwelche Boote vom Festland kommen.«

Wir zogen unsere Schuhe und Strümpfe aus und legten uns flach auf den schlüpfrigen Felsen.

»Ich hoffe, wir fangen genug Fische für eine Mahlzeit«, sagte ich, indem ich einen fetten Regenwurm am Haken meiner Angel befestigte.

»Na hoffentlich, Junge! Wenn ich ein Fisch wäre, würde ich mir ein solch saftiges Mahl nicht entgehen lassen«, sagte Ralf und hielt einen ähnlich gutgenährten Regenwurm hoch.

Ich ließ meinen Köder zwischen zwei Felsen hinab. Sofort fühlte ich einen starken Ruck und holte die Angel mit einem Schwung wieder ein. Mein Haken kam so sauber herauf, als ob er nicht benutzt worden wäre.

»Du hast doch wohl nicht die Absicht, alle Würmer wegzugeben?« lachte Ralf, aber einige Minuten später konnte ich feststellen, daß es ihm ebenso erging, und so war ich derjenige, der zuletzt lachte.

Ich band wieder einen Wurm an meinen Angelhaken und ließ den Köder an der gleichen Stelle hinunter. Die Spitze meiner Angelrute tauchte ein, ich zog kräftig, und einen Augenblick später baumelte eine Sprotte von ungefähr fünfundzwanzig Zentimetern an meinem Haken.

»Hurra«, rief ich aus. »Hier ist ein Teil unseres Essens.«

»Ich habe auch einen«, rief Ralf, und es dauerte nicht lange, da hatten wir sieben große Fische.

»Es ist längst Essenszeit, laß uns nun anfangen«, sagte ich, indem ich auf meine Uhr schaute. Wir fanden einen schattigen Platz am Ufer, und bald brannte ein lustiges Feuer. Wir wickelten die Fische in nasse Blätter und backten sie.

Anschließend kehrten wir zu unserer Angelstelle zurück und nahmen uns vor, noch ein paar Fische für unsere Eltern zu Hause zu fangen. Ungefähr um halb fünf entdeckte ich plötzlich ein Boot, das auf die Insel zusteuerte.

»Ist das nicht das graue Schnellboot, das wir gestern sahen?« fragte Ralf.

»Ja, ich glaube, das ist es. Sieh mal, es kommt direkt auf uns zu!«

Näher und näher kam es, bis der Fahrer den Motor abstellte und sich ans Ufer treiben ließ. Wie böse er aussah! Er hatte dunkles

Haar und schwarze, perlenartige Augen, und obwohl er eine Rasur nötig hatte, konnte ich eine lange rote Narbe auf seiner rechten Wange sehen.

Seine Stimme klang ungemütlich, als er herrüberrief: »Was macht ihr denn da, ihr Burschen?«

»Fischen«, rief ich freundlich zurück.

»So! Packt besser eure Sachen zusammen, oder es kann sein, daß ihr Schwierigkeiten bekommt«, knurrte er.

»Wir haben hier schon oft gefischt, und noch nie hat uns jemand fortgejagt«, sagte Ralf.

»Jungs«, tönte die ärgerliche Stimme über das Wasser, »ich sage euch, ihr sollt machen, daß ihr verschwindet!« Damit warf er den Motor an und brauste zum Festland zurück.

Ich sagte zu Ralf: »Was hältst du davon?«

»Ich glaube sicher, daß irgend etwas auf der Insel ist, was wir nicht sehen sollen. Um so entschlossener bin ich jetzt, jede Ecke abzusuchen«, gab Ralf zurück.

»Laß uns zurückkehren und sehen, ob die anderen etwas gefunden haben«, schlug ich vor.

»Prima Idee, Georg«, erwiderte Ralf, indem er seine Fischrute aufhob. Wir brauchten nicht lange bis zu dem Boot, aber von den anderen war noch keine Spur zu sehen.

»Ich hoffe, daß sie nicht in Schwierigkeiten geraten sind. Es ist schon nach fünf Uhr«, sagte ich.

»Komm, wir rufen sie«, schlug Ralf vor.

Wir riefen und riefen, erhielten aber keine Antwort, bis ich schließlich aus weiter Entfernung einen Ton von Mopsens Stimme auffing.

Ralf und ich ließen uns auf einem sandigen Fleck nieder, und ich schloß die Augen und träumte ein wenig in den Tag hinein. Alles war still, bis auf das Rauschen der Wellen am Ufer.

Plötzlich hörte ich einen merkwürdig tiefen Ton, und mit geschlossenen Augen versuchte ich herauszubekommen, was das war. Eine Sekunde später sprang ich mit einem Satz auf, denn etwas Weiches rieb sich an meinem Gesicht.

Ich hatte einen ganz schönen Schrecken bekommen, und als ich sah, wer es war, gingen mir fast die Augen über. Da zu meinen Füßen stand Brummer und schnurrte, wie er es immer tat.

»Oh«, sagte Ralf, und seine Stimme zitterte vor Erregung, »es sieht so aus, als ob wir wirklich einen Anhaltspunkt gefunden hätten.«

Wir streichelten den alten Brummer ein paar Minuten lang und boten ihm einen frischen Fisch an. Junge, war der hungrig! Er schlang das Fressen nur so hinunter und miaute dann nach mehr. Wir gaben ihm noch einen Fisch, und als er den ebenfalls verputzt hatte, leckte er seine Pfoten und begann wieder zu schnurren.

Als ich sah, wer es war, gingen mir fast die Augen über.

Ein Ruf kam vom Ufer her, und wir sahen die anderen wiederkommen. Spinne zog etwas hinter sich her.

»Was ist denn das?« rief ich.

»Ein Stuhl vom Hausboot«, antwortete Spinne siegesbewußt.

»Wo in aller Welt hast du denn den her?« fragte Ralf.

»Den habe ich ungefähr zwei Kilometer von hier am Ufer gefunden«, erklärte er.

Ich sah, wie Mops vor Staunen stehenblieb, als er Brummer entdeckte. »Wie kommt denn der hierher?« rief er aufgeregt.

Ralf und ich erzählten die ganze Geschichte von dem Mann im Schnellboot und wie wir Brummer am Strand gefunden hatten.

»Es sieht so aus, als seien wir auf einer heißen Spur zum Hausboot«, sagte Spinne. »Laßt uns alles noch einmal besprechen und dann weitersuchen.«

»Ich halte das nicht für richtig. Es wird

bald dunkel, und es kommt auch schon ein wenig Wind auf«, sagte Ralf. »Wir gehen besser nach Hause zurück und kommen morgen wieder.«

»Das Meer sieht auch ein wenig unruhig aus«, gab Spinne zu.

»Auf jeden Fall sollten wir Polizist Braun den Stuhl und Brummer zeigen. Der wird überrascht sein! Und Käpt'n Dell wird froh sein, seinen Kater wiederzusehen!« fügte Mops hinzu.

Wir luden unsere Fische und die Indizien in das Boot und steuerten auf das Festland zu.

Kalle sagte nachdenklich: »Einen so schönen Nachmittag habe ich lange nicht gehabt!«

Mops meldete sich dazu: »Es mag komisch klingen, aber ich hatte niemals richtige Freude und richtigen Spaß, bevor ich Christ wurde.«

»Ich komme bestimmt zu Käpt'n Dell in die Sonntagsschule«, sagte Kalle.

»Ich glaube sicher, daß dir der Unterricht gefällt, denn der Käpt'n macht die Stunden immer sehr interessant«, sagte Ralf.

Als wir den halben Weg nach Hause zurückgelegt hatten, wurde die Sonne von den Wolken überschattet, und ein scharfer Nordostwind peitschte das Wasser zu schaumigen Wogen auf. Es wurde so schlimm, daß wir das Boot ausschöpfen mußten. Bevor wir die Anlegestelle erreicht hatten, klatschten schon die ersten schweren Regentropfen auf den Boden. Und plötzlich schüttete es dann wie mit Eimern vom Himmel.

Der arme alte Brummer mochte den Regen gar nicht, und es dauerte nicht lange, da war er völlig durchnäßt. Als wir die Hauptstraße hinuntertrotteten, starrten die Leute hinter uns her, als wenn wir gerade aus dem Zirkus ausgebrochen wären. Ich glaube, es sah aber auch zu komisch aus, wie wir einen Kater und einen Stuhl durch die Stadt trugen; dazu Mops mit seinem Hut, den er bis über die Augen gezogen hatte. Er sah noch ulkiger aus.

Polizist Braun lachte, als wir in sein Büro eintraten. »Habt ihr Jungen das Geheimnis aufgeklärt?«

»Nein, aber wir haben ein paar Anhaltspunkte gefunden«, sagte Ralf.

Ich dachte, der Polizist würde aufgeregt werden. Er sagte jedoch nur: »Ich denke, die Schurken haben das nur an der Geisterinsel abgeworfen.«

Dann erzählten wir ihm von dem Mann mit der Narbe im Gesicht und seinem Schnellboot, aber auch das interessierte ihn nicht.

»Seht, Jungs«, sagte er, »wir haben um die Insel herum alles erforscht und haben nichts gefunden. Nun wünsche ich, daß ihr mich nicht länger stört, ich bin beschäftigt.«

Ein paar traurige Jungen verließen das Büro des Polizisten Braun. Wir waren schrecklich enttäuscht über eine solche Abfuhr.

»Kommt, wir gehen zu mir nach Hause und erzählen alles Käpt'n Dell«, schlug ich vor. Wir wateten durch den Regen und hofften, den Kapitän anzutreffen.

Als wir in die Küche marschierten, rief Mutter aus: »Ihr werdet morgen alle wegen Halsweh im Bett bleiben müssen! Wo seid ihr gewesen?«

In dem Moment kamen Kapitän Dell und Vater in die Küche. Ich habe niemals jemanden gesehen, dessen Gesichtsausdruck sich so schnell verändern konnte wie der des Kapitäns, als er »Brummer« erblickte. Ein schwaches Lächeln huschte über sein Gesicht, als er den alten Kater auf den Arm nahm.

»Wo habt ihr ihn gefunden?« fragte er.

»Ja, das ist eine lange, lange Geschichte«, sagte Mops und fühlte sich sehr wichtig.

Mutter unterbrach uns: »Wenn es eine so lange Geschichte ist, dann marschiert ihr Jungen erst mal nach oben und zieht eure nassen

Kleider aus. Ich denke, Georg wird für jeden von euch etwas Passendes finden.« Dann fügte sie mit einem Lächeln hinzu: »Mops, ich denke, der Bademantel von meinem Mann dürfte dir passen!«

Wir brauchten nicht lange, um uns umzuziehen. Für Spinne konnte ich keine passende Hose finden. Sie reichten ihm alle nur bis an die Knie. Aber Mops in Vaters Bademantel sah noch besser aus! Die Ärmel reichten ihm bis weit über die Hände, und der Saum schleifte über den Boden.

Wir stiegen wieder in die Küche hinunter. Vater und der Kapitän schienen nicht mehr aufhören zu können zu lachen, als sie Mops und Spinne sahen. Mutter gab uns etwas heiße Fleischbrühe, die herrlich schmeckte.

Als Ralf erzählte, wie der Polizist sich verhalten hatte, sagte Kapitän Dell: »Jungs, vergeßt nicht, daß er ein vielbeschäftigter Mann ist und daß er tut, was er kann. Ich glaube aber, ihr habt recht, wenn ihr meint, die Geisterinsel berge das Geheimnis des vermißten Hausbootes.«

Vater brachte Spinne und Mops in seinem Wagen nach Hause. Ich ging zu Bett. Bevor ich in den Federn verschwand, kniete ich nieder und bat den Herrn Jesus, Kalle zu einem Christen zu machen. Ich betete auch für die anderen Jungen und bat den Herrn Jesus um Hilfe bei der Suche nach dem verschwundenen Hausboot.

DER MANN IN BLAU

Die ganze Nacht über regnete es. Am Samstagmorgen, als ich aufwachte, hörte ich immer noch das stete Plitsch-Platsch der dicken Tropfen auf dem Dach. Auch der Sturm hatte sich noch nicht gelegt. Unser Ausflug zur Geisterinsel mußte also wohl verschoben werden.

Mein Bett stand nahe am Fenster. Daher zog ich die Vorhänge zurück und beobachtete die dunklen Regenwolken, die von der See herangetrieben wurden.

Ich fühle mich stets wohler, wenn der Sturm nachläßt. Regen ist nicht so schlimm. Anschließend schießen die Blumen und das Gemüse nur so in die Höhe. Die Bäume sehen grüner aus, und die Luft riecht wohlig und frisch.

Wie ich schon sagte, schien der Ausflug

zur Insel wirklich ins Wasser zu fallen. Mit diesen Gedanken legte ich mich wieder ins Bett und träumte in den Tag hinein, bis Mutters Stimme von unten herauftönte.

»Georg, da ist ein Telefonanruf für dich!«

Im Schlafanzug sprang ich die Treppe hinunter, hob den Hörer auf und sagte: »Hallo!«

»Hallo, Georg.« Ich erkannte Ralfs Stimme.

»Der Sturm scheint uns einen Strich durch die Rechnung zu machen, nicht?«

»Ja, wir könnten aber etwas Detektivarbeit in der Stadt tun. Vielleicht finden wir dort auch etwas«, antwortete ich.

»Es wäre eine gute Idee, zur Anlegestelle zu gehen und aufzupassen, ob wir das graue Schnellboot entdecken«, sagte Ralf.

»Der Wind bläst immer noch recht heftig. Glaubst du, daß sich überhaupt Boote hinauswagen?« fragte ich.

»Es ist ein großes Boot. Die Wellen würden ihm nichts anhaben können.«

»Wo sollen wir uns treffen, Ralf?«

»Erst muß ich noch etwas für Mutter erledigen. Wir treffen uns am besten um halb eins bei uns zu Hause. So haben wir Zeit genug, noch zu Mittag zu essen, und dann können wir den Rest des Tages zusammen verbringen. Ich sage inzwischen den anderen Bescheid«, antwortete Ralf.

Nachdem ich eingehängt hatte, fragte ich Mutter: »Wo ist Käpt'n Dell heute morgen?«

»Er stand sehr früh auf und hinterließ einen Zettel, auf dem stand, daß er noch etwas zu erledigen hätte, aber er würde heute nachmittag gegen drei wieder zurück sein.«

Für einen Augenblick war ich ein bißchen enttäuscht, denn ich hatte mit dem Kapitän über das Geheimnis sprechen wollen. Aber bald stellte sich heraus, daß ich auch nicht viel hätte reden können, denn Mutter entschied, daß dies genau der rechte Tag sei, um den Keller aufzuräumen.

Als ich mich um halb eins aufmachte, um

Ralf aufzusuchen, hatte der Regen aufgehört. Nur ein paar Wolken jagten noch über den Himmel. Dicke Tropfen klatschten von den Ahornbäumen und Ulmen auf die Apfelbaumstraße. Rotkehlchen sprangen auf dem Rasen herum und suchten nach Würmern für ihre Jungen.

»Hallo, Jungs!« rief ich, als ich die Bande sah, die sich vor Ralfs Eingangstür herumräkelte. Kalle war ebenfalls gekommen.

Die Jungen aßen von Frau Thomas' selbstgebackenem Schokoladenkuchen. Ralf gab mir ein Stück. Es schmeckte wirklich prima, besonders der rosa Zuckerguß.

»Nun, da Georg hier ist, können wir ja zur Anlegestelle hinuntergehen«, sagte Spinne, indem er seine langen Beine von dem Geländer nahm.

Als wir zur Anlegestelle kamen, waren die meisten Wolken bereits verschwunden.

Wir machten uns auf die Jagd nach weiteren Spuren, aber wir konnten einfach nichts finden. Schließlich sagte Ralf: »Es sieht so aus, als ob wir vor Montag, wenn wir unseren Ausflug zur Insel machen, nicht weiterkommen.«

»Meint ihr nicht auch, wir sollten heute versuchen, zur Insel zu fahren?« fragte Spinne.

»Aber ohne mich!« stieß Mops hervor. »Sieh dir nur die Wellen an!«

»Ich glaube, du hast recht«, gab Spinne zu.

»Also, ich bin hungrig. Schnackdorfs Warenhaus soll ein supertolles, doppelstöckiges Bananeneis haben. Laßt uns alle gehen und eines kaufen«, schlug Mops vor.

Da Ralf und ich keins haben wollten, streckten wir uns auf der sonnigen Anlegestelle aus, während die anderen abzogen. Außer dem Aufklatschen der Wellen und dem gelegentlichen Schrei der Möwen schien alles totenstill zu sein. Dann hörte ich aus weiter Entfernung das dumpfe Summen eines mächtigen Motors. Ich stützte mich auf einen

Ellenbogen und sah ein Boot auf uns zukommen.

Ich gab Ralf einen Rippenstoß. »Sieh mal! Das graue Boot!«

»Du hast recht«, rief er aus. Dann, nach einer Weile, nachdem er sich seine Haare aus den Augen gestrichen hatte, fügte er hinzu: »Komm, wir verstecken uns in dem alten Bootshaus und beobachten, wer in dem Boot ist.«

Wir stürzten zu dem alten, abgerissenen Bootshaus in der Nähe der Anlegestelle und krochen auf allen vieren an einem Balken entlang, der etwas über der Wasserfläche lag. Er war schlüpfrig. Mehrmals fiel ich beinahe hin. Wir fanden ein paar Löcher in der Mauer des Bootshauses und konnten von unserem Ausguck aus die ganze Küste aus der Vogelschau überblicken.

Eine Zeitlang warfen die Wellen das hereinkommende Boot hin und her, aber zuletzt gelang es dem Fahrer doch, das Boot an der

... und krochen auf allen vieren an einem Balken entlang.

Anlegestelle zu vertäuen.

Wir hatten damit gerechnet, den Mann mit der Narbe im Gesicht zu sehen, der uns am Tag zuvor von der Geisterinsel verjagt hatte. Statt dessen sprang ein hünenhafter junger Mann heraus und band das Boot fest. Was uns aber fast umwarf, war die Tatsache, daß der Mann Hosen trug, die genau die gleiche blaue Farbe hatten, wie das Stück Stoff, das Ralf gefunden hatte.

Der Mann schlug den Weg in die Stadt ein. Ralf sagte: »Komm, wir folgen ihm!«

Es kribbelte so richtig in mir, wie es bei einem Jungen ist, der einen gefährlichen Auftrag ausführt. Wir folgten Herrn »Blauhose« vorsichtig und taten, als ob er nicht da wäre. Wir sahen uns die Schaufenster an und pfiffen irgendwelche Lieder dabei, aber die ganze Zeit beobachteten wir ihn.

Er kaufte eine Menge Lebensmittel auf dem Markt und kehrte dann zu dem Boot zurück. Ralf und ich dachten, unsere Verfol-

Wir folgten Herrn »Blauhose« vorsichtig
und taten, als ob er nicht da wäre.

gungsjagd wäre damit zu Ende. Doch beinahe wären wir mit Herrn »Blauhose« zusammengestoßen, als er ein zweites Mal in die Stadt ging.

Ich kann nur sagen: Danach waren wir vorsichtiger. Dieses Mal trat er in Vaters Eisenwarengeschäft. Wir neckten uns am Fischgerätestand und beobachteten dabei, daß er eine Dose Gewehrgranaten und eine lange Wäscheleine kaufte.

»Ich möchte wissen, wofür er die Gewehrkugeln braucht?« wandte ich mich zitternd an Ralf.

»Ich weiß es nicht; aber eins ist sicher: Wir müssen aufpassen. Ich möchte ihm nicht an einer dunklen Ecke begegnen.«

Als nächstes ging Herr »Blauhose« im Schnackdorfer Warenhaus in ein Telefonhäuschen.

»Es muß ein Ferngespräch sein«, sagte Ralf.

»Warum?«

»Wenn es ein Ortsgespräch wäre, würde es nicht so lange dauern«, erklärte er.

Schließlich kam Herr »Blauhose« heraus und setzte sich an einen Tisch, nicht mehr als einen Meter von uns entfernt.

»Was möchten Sie?« fragte der Kellner.

»Ein Erdbeer-Soda«, antwortete er, und seine Stimme klang so, daß ein eiskalter Schauer meinen Rücken hinunterlief. Nachdem der Kellner die Bestellung ausgeführt hatte, fragte der Mann: »Sagen Sie, kennen Sie zufällig den Mann, dem das Hausboot gestohlen wurde?«

»Gewiß, jeder kennt Käpt'n Dell«, antwortete der Kellner.

»Ist er groß und schlank mit weißen Haaren?« fragte Herr »Blauhose«.

Ich kann dir sagen, da haben Ralf und ich aber die Ohren gespitzt, damit uns ja kein Wort entging. Ich glaube, wir übertrieben etwas, denn der Mann drehte sich plötzlich um und knurrte: »Könnt ihr Kinder mich nicht mal mein Soda in Ruhe austrinken lassen?«

Damit warf Herr »Blauhose« einen funkelnagelneuen Fünfmarkschein auf den Tisch und verließ den Raum. Ralf murmelte: »Wir sind die richtigen Detektive: Esel sind wir!«

»Nun gut, das Unglück ist geschehen. Er weiß jetzt, wie wir aussehen, und wenn wir auf der Geisterinsel herumlungern, kann er sich denken, daß wir ihm auf der Spur sind«, sagte ich recht trübselig.

Wir verließen das Kaufhaus, bummelten zur Anlegestelle hinunter und waren gerade rechtzeitig dort, um noch zu sehen, wie das Schnellboot in Richtung Geisterinsel verschwand.

Ein wenig später trafen wir Mops, Spinne und Kalle und erzählten ihnen von unserem aufregenden Abenteuer.

»Konntet ihr den Riß sehen?« fragte Spinne.

»Nein, aber die Hose hatte die gleiche

blaue Farbe. Wir nahmen an, daß er entweder zwei Paar Hosen von der gleichen Farbe hat, oder es kann auch sein, daß seine Jacke zerrissen ist.«

»Ich kann es kaum bis Montag aushalten, wenn wir der Geisterinsel einen Besuch abstatten«, bemerkte Mops.

Gerade da schlug die große Uhr von Schnackdorfs Bank sechsmal.

»Oh!« rief ich aus. »Es ist Zeit zum Abendessen! Wir gehen jetzt am besten nach Hause!«

KAPITÄN DELL VERSCHWINDET

Ich hatte Kapitän Dell und meine Eltern am Abendbrottisch erwartet, als ich die Treppen zur Hintertür hinaufstürzte.

»Es tut mir leid, daß ich mich verspätet habe, Mutter, aber wir haben ein solch aufregendes Abenteuer erlebt, daß wir alle das Abendessen darüber vergaßen, bis die Uhr sechs schlug«, erklärte ich.

»Ich fragte mich schon, wo du sein könntest«, sagte die Mutter in ihrer verzeihenden Art. »Vater und ich haben auf dich und den Kapitän gewartet. Er sagte heute morgen, daß er um drei zurück sein wollte, und jetzt ist es halb sieben, und er ist immer noch nicht hier.«

Vater kam in die Küche mit der Abendzeitung in der Hand. Er zog mich ein bißchen an den Haaren und versetzte mir aus Spaß einen Rippenstoß.

»Na, wie geht es dem großen Detektiv?« fragte er mit zwinkernden Augen, was bedeutete, daß er sich freute, mich zu sehen.

»Wir fanden den Mann mit den blauen Hosen und verfolgten ihn durch die ganze Stadt. Erinnerst du dich, daß wir heute nachmittag in den Laden kamen?« fragte ich.

»Ja, ich erinnere mich, daß ihr Jungs hereinkamt.«

»Erinnerst du dich auch noch an den Mann, der Gewehrkugeln und eine Leine kaufte?«

»Ja, jetzt fällt es mir wieder ein«, antwortete Vater.

»Gut, der ist es. Wir sahen ihn, wie er aus dem grauen Schnellboot ausstieg und wie er die Stadt verließ und auf die Geisterinsel zusteuerte.«

Ich erzählte Vater die ganze Geschichte, sogar den Teil, wie der Fremde uns so barsch angefahren hatte.

»Ihr seid ja richtige Detektive«, sagte er lachend, »aber allen Ernstes, es kann sein, daß ihr Jungen auf der richtigen Spur seid. Was sagte der Polizist dazu?«

»Wir haben es ihm nicht erzählt«, antwortete ich.

»Warum nicht?« fragte Vater.

»Beide Male, als wir unsere Erlebnisse erzählt haben, fand er sie nicht so wichtig. Ich glaube kaum, daß er uns dieses Mal mehr Aufmerksamkeit schenken wird.«

»Vielleicht tut er es doch. Aber ich denke, daß es besser ist, wenn ihr nächsten Montag zu ihm geht und es ihm erzählt«, riet mir Vater.

Mutter unterbrach uns. »Ich glaube, daß wir nicht länger auf den Kapitän warten sollten. Wir essen besser.«

Acht, neun, zehn Uhr schlug die Großvateruhr, und Kapitän Dell tauchte immer noch nicht auf.

Von meinem Bett aus hörte ich Vater unten zu Mutter sagen: »Ich werde den Polizisten anrufen und ihm sagen, daß der Kapitän vermißt wird.«

Ich hörte Vater telefonieren und erinnerte mich daran, was unser Pastor einmal gesagt hatte: »Wie können wir unsere Zeit besser verbringen, wenn wir nicht schlafen können, als daß wir beten!« So betete ich. Zuerst für das Wohlergehen des Kapitäns, daß der Herr ihn bewahren möge. Dann betete ich für Kalle. Er war so ein prima Junge, und ich wollte, daß er ein durch und durch aufrichtiger Christ werden würde. Ich betete für Mutter und Vater, für die Jungen unserer Bande und für unsere Gemeinde und die Missionare.

Die ganze lange Nacht hörten wir nichts von Kapitän Dell. Als die Sonne im Osten über dem Meer aufging, suchte ein Trupp Männer die Küste ab.

Ich zog meine besten Sachen für die Sonntagsschule an. Ich halte nicht besonders viel von steifen Kragen und Krawatten, die einen Jungen fast erwürgen. Ich trage einfach eine blaue Hose und ein Sporthemd.

Wer wird unsere Gruppe heute morgen übernehmen, fragte ich mich, jetzt, da Kapitän Dell verschwunden ist. Eines stand fest: Niemand auf der Welt konnte wirklich seinen Platz einnehmen, denn es gab keinen besseren Sonntagsschullehrer als ihn, und es würde wohl auch in Zukunft keinen besseren geben.

Mutter und ich gingen zur Kirche; Vater war mit dem Suchtrupp unterwegs. So elend mir zumute war, freute ich mich doch, Kalle auf den Stufen der Kirchentreppe mit den anderen Jungen zu sehen. Ich ließ Mutter allein weitergehen und ging zu ihnen hinüber.

»Wer wird denn heute wohl unsere Gruppe übernehmen?« fragte Mops im Flüsterton.

»Ich weiß nicht. Ich hoffe bloß, daß mit dem Käpt'n alles in Ordnung ist«, antwortete ich.

Kalle brachte vor: »Vielleicht hat der

gleiche Mann, der sein Hausboot gestohlen hat, ihn auch gefangengenommen.«

»Das ist möglich«, sagte Ralf.

Die Glocke läutete und beendete unsere Unterhaltung. Wir begaben uns ruhig auf unsere Plätze.

Der Pastor erzählte uns, daß Kapitän Dell verschwunden sei und bat uns, für ihn zu beten. Als die biblische Geschichte erzählt wurde, schloß sich unsere Gruppe der Gruppe der gleichaltrigen Mädchen an. Es war nicht so schlecht, wie ich befürchtet hatte, aber natürlich nicht halb so gut wie mit dem Kapitän.

Wir alle blieben zum Erwachsenengottesdienst, sogar Kalle. Es war traurig. Pastor Brack betete für den Kapitän. Als er geendet hatte, sah ich, daß viele Leute sich die Augen wischten, und ich mußte auch ein paar Tränen hinunterschlucken. Der Pastor predigte über eine Stelle aus dem Markusevangelium. War das eine Predigt!

Wir hörten von einem Mann, der besessen war. Er war von seiner Heimatstadt vertrieben worden. Sie banden ihn mit Eisenketten und sperrten ihn in einen Friedhof am See Genezareth (sie hatten keine Krankenhäuser wie wir); doch dieser arme Mann zerrte so lange an den Ketten, bis er los war. Er schnitt und schlug sich sogar mit Steinen. In der Nacht schrie er und lief zwischen den Gräbern hin und her. So beschrieb Pastor Brack diesen armen Mann. Stellt euch nur vor, niemand liebte ihn oder kam, ihm seine Wunden zu verbinden oder ihm ein gutes Essen zu bringen. Es ist nicht leicht, ohne Freunde zu sein.

Eines Tages kam Jesus in einem Boot, und dieser Besessene, voll Haß und Bosheit, stürzte auf Jesus zu, dann fiel er ihm zu Füßen und betete ihn an. Jesus sah, daß der Mann besessen war und heilte ihn. Er befahl den bösen Geistern, in eine Schweineherde zu fahren, die in der Nähe auf einem Feld war. Die

Schweine mit den bösen Geistern stürzten dann alle in den See und ertranken.

Jetzt war der Mann voll Dankbarkeit gegen Jesus und wollte ihm nachfolgen, aber Jesus sagte: »Nein, gehe nach Hause und erzähle dort, was ich für dich getan habe.«

Ich kann mir gut vorstellen, daß die Dorfbewohner einigermaßen überrascht waren, den ehemals Besessenen wieder ruhig und gesund zu sehen. Du denkst vielleicht, daß die Leute nun Jesus auch geliebt hätten. Aber das Gegenteil war der Fall. Sie baten Jesus, ihr Land zu verlassen; denn diese Menschen trauerten über den Verlust der Schweine, darum schickten sie Jesus fort. Ihnen war eine Herde alter, schmutziger Schweine wichtiger als die Seele und das Leben eines Menschen.

Der Pastor sagte, daß jener Besessene vielen Menschen von heute, die tief in Schuld stecken, ähnlich sei. Sie leben ohne Hoffnung, bis sie Jesus in ihr Herz einlassen, damit er Ordnung darin schaffe.

Als Pastor Brack fertig war, freute ich mich so, daß ich Jesus als meinen Retter angenommen hatte und ein wiedergeborener Mensch, ein Christ war. Ich konnte nicht umhin, ich mußte zu Kalle hinüberschielen. Ich betete nochmals für ihn, daß er Jesus doch in sein Herz ließe.

Pastor Brack sagte zum Abschluß: »Freunde, wir sind bekümmert um Kapitän Dell. Laßt uns daran denken, daß der Herr mit ihm ist, was auch immer geschehen mag.«

Unsere Bande kam nach dem Gottesdienst zusammen, und wir beschlossen, uns so bald wie möglich nach dem Mittagessen zu treffen. Wir unternahmen wie gewöhnlich einen stillen Spaziergang rund um die Stadt.

»Kommt, wir gehen zur Anlegestelle hinunter«, schlug Spinne vor. Alle waren einverstanden, und wir machten uns auf den Weg.

Kalle sagte: »Wißt ihr, ich habe bisher noch niemand so predigen hören.«

»Unser Pastor erzählt immer eine Geschichte aus der Bibel«, sagte Mops.

»Wie hat es dir denn gefallen?« fragte Ralf.

»Es war interessant«, entgegnete er.

»Nun, eins weiß ich ganz genau: ich bin sehr froh, daß ich ein Christ bin«, sagte ich.

Das Wasser in der Bucht war ruhig und glatt. Kein Kräuseln und keine Welle störte die Oberfläche.

Plötzlich hörte ich einen Laut aus Mopsens Richtung. Ich schaute hin und sah, daß er etwas mit dem Stock an Land fischte.

»Jungs, guckt mal! Ich habe Käpt'n Dells Hut im Wasser gefunden!«

Mops nahm den Hut vom Stock und hielt ihn hoch, während das Wasser auf seinen Schoß tropfte.

Das war der traurigste Augenblick in meinem Leben. Alle von uns saßen wie betäubt da. Über uns glitzerte die Junisonne am Himmel. Hie und da schwebte eine Möwe hin

»Jungs, guckt mal! Ich habe Käpt'n Dells Hut im Wasser gefunden.«

und her und schlug langsam mit den Flügeln. Die Bäume am Ufer waren sattgrün vom letzten Regen. Das Meer lag ruhig und totenstill da, aber mein Herz war nicht ruhig, denn es war erfüllt von dem tiefen und traurigen Verlust von Kapitän Dell.

Lange Zeit rührte sich keiner von uns. Jeder war mit seinen eigenen Gedanken beschäftigt. Ich schickte ein Gebet zum Herrn und dankte ihm, daß Kapitän Dell ein Christ gewesen war und jetzt im Himmel sein würde, wo er auf mich wartete, bis ich auch dorthin käme.

Ralf sagte schließlich unter Tränen: »Ich schlage vor, wir gehen zum Polizisten und zeigen ihm den Hut des Käpt'ns.«

Gemeinsam schleppten wir uns die Anlegestelle hinauf, um Polizist Braun zu suchen.

KALLE AM RAND DES TODES

Eine gedrückte Stimmung herrschte, als wir uns am Montagvormittag trafen. Ich mußte gegen die Tränen ankämpfen, als ich die Boote auf dem Wasser herumtreiben sah, die Ausschau nach dem Kapitän hielten. Nach meiner Mutter und meinem Vater war er mein bester Freund gewesen, und nun war er verschwunden, vielleicht für immer.

Als wir zu Ralfs Ruderboot hinüberschlenderten, neckten wir uns nicht in der gewohnten Weise. Sogar Kalle, der den Kapitän nicht gekannt hatte, fühlte sich fast genauso zerschlagen wie wir anderen.

»Es ist gut zu wissen, daß, auch wenn der Käpt'n nicht gefunden wird, wir ihn im Himmel bei Gott wiedersehen«, sagte Mops.

Ich sah einen merkwürdigen Ausdruck in Kalles Augen kommen, als Ralf hinzufügte:

»Alle von uns, die Christen sind, werden ihn wiedersehen.«

Ungefähr zehn Meter von der Anlegestelle entfernt, stieß Spinne plötzlich einen lauten Schrei aus: »Das Ruderboot ist fort!«

»Jemand hat es gestohlen«, flüsterte Mops mit zitternder Stimme.

Kalle schrie unvermittelt: »Da ist es!« Alle Augen folgten der Richtung seines Zeigefingers. Auf dem Grund der sandigen Bucht ruhte das Boot in etwa drei Meter Tiefe im Wasser.

»Es sieht so aus, als ob dein Boot ein Leck bekommen hätte«, sagte ich.

»Das kann ich mir nicht erklären. Wir haben es erst letzte Woche in Ordnung gebracht«, sagte Ralf verdutzt.

»Liegen da nicht viele Steine auf dem Grund?« fragte Kalle. Wir reckten die Köpfe über den Rand der Anlegestelle und sahen alle die Steinbrocken im Heck des Bootes.

Ralf sprach es aus: »Jemand hat es versenkt. Das heißt, jemand wollte uns davon abhalten, zur Geisterinsel zu fahren.«

»Jetzt möchte ich eigentlich erst recht dort hin«, sagte ich, und die andern stimmten mir zu.

Ralf schlug vor: »Laßt uns nach Hause gehen, unsere Badehosen holen und versuchen, das Boot heraufzuholen. Dann können wir sehen, ob ein Loch drin ist.«

»Ich passe hier oben auf und beobachte die Anlegestelle. Ich kann keinen Zug schwimmen«, sagte Kalle leicht verlegen.

Im Nu waren wir fertig umgezogen wieder an der Anlegestelle, um mit dem Bergen des Bootes zu beginnen. War das eine Arbeit! Von dem kühlen Wasser bekamen wir eine Gänsehaut, während wir wieder und wieder in die Bucht hinabtauchten. Nachdem wir etwa eine halbe Stunde gekämpft und die Steinbrocken ausgeladen hatten, zogen wir das wassergefüllte Boot auf den Strand. Dann schöpften wir das Wasser raus und stießen es zurück auf das Wasser.

»Kein Leck«, brachte Mops glücklich hervor.

»Kein Leck, aber auch keine Ruder. Es sieht so aus, als ob die Schurken sie mitgenommen hätten«, sagte Ralf.

»Ich weiß, wo ein Paar andere sind«, stellte Spinne fest. »Unten im Bootshaus ist noch ein Paar, das Käpt'n Dell gehört. Auf, los, die holen wir!«

Wir zogen unsere Kleider über die nassen Badehosen und gingen den Strand entlang zur Anlegestelle von Schnackdorf.

Wir lungerten auf der Anlegestelle herum, während Spinne zum Bootshaus ging und die Ruder holte. Eine schöne, weiße Jacht näherte sich. Sie gehörte Herrn Lorenz, einem Mann, der unsere Bande recht gern mochte. Dann und wann gab er uns ein paar Extra-Aufgaben, und wir bekamen eine Menge Geld, wenn wir bei ihm arbeiteten.

»Laßt uns zuschauen, wie sie anlegt«, sag-

Wir lungerten auf der Anlegestelle herum.

te Mops. »Es ist das erste Mal, daß Herr Lorenz diesen Sommer hier ist. Vielleicht hat er wieder eine Arbeit für uns.«

Das war eine gute Idee. Wir beobachteten, wie die mächtigen Motoren ausgeschaltet wurden und das Boot in den Hafen glitt. Als es noch etwa sechs Meter von uns entfernt war, warf einer der Bootsleute ein Seil ans Ufer.

Da geschah das Unglück! Ich hörte etwas splittern und sah gerade, als ich mich umdrehte, wie Kalle ins Wasser rutschte, zwischen Boot und Anlegestelle.

Ich rang nach Luft, als sein Kopf gegen einen Balken stieß und er unter der Oberfläche versank. Die Jacht kam näher und näher. Es sah aus, als ob das Ende unseres neuen Freundes gekommen wäre. In diesem Augenblick mußte ich unwillkürlich daran denken, daß Kalle nicht bereit war zum Sterben, denn er hatte Jesus noch nicht als seinen persönlichen Heiland angenommen.

Geschwind wie eine Katze tauchte Spinne ins Wasser. Einen Augenblick später rammte das Boot die Anlegestelle. Mops, Ralf und ich standen wie betäubt da.

Der Mann am Steuerrad der Jacht drehte um und zog in tieferes Wasser. Wir suchten überall das Wasser nach den beiden Jungen ab, aber wir konnten sie nirgends entdecken. Dann tönte eine Stimme unter der Anlegestelle, die fremd und hohl klang: »Hilfe! Schnell! Kalle ist verletzt!«

Es war Spinne, und ich war wie erlöst, als ich ihn hörte. Die Männer von der Jacht ließen ein kleines Rettungsboot herab und brachten die zwei Jungen schnell ans Ufer. Zuerst sah es aus, als ob Kalle nicht mehr am Leben sei. Eine tiefe, klaffende Wunde reichte von seinem Auge bis zu seinem Kinn, aber als ich sah, daß sich seine Brust hob, wußte ich, daß er noch lebte.

»Wie hast du ihn fassen können?« fragte Ralf.

»Der untere Teil der Anlegestelle ist offen, so war es einfach, Kalle zu greifen und darunter herzuschwimmen«, erklärte Spinne.

Das war ganz Spinne, so zu tun, als ob es eine Kleinigkeit gewesen wäre.

Herr Lorenz und einer aus der Mannschaft legten Kalle einen Verband an, um die stark blutende Wunde zum Stillstand zu bringen. Dann hob Herr Lorenz ihn auf und trug ihn zum Krankenhaus von Schnackdorf, das direkt an der Hauptstraße liegt.

Wir trotteten bedrückt hinterher. Ich sah, wie Ralf seinen Arm um Spinnes Schulter legte, und ich wußte, was er dabei empfand. Er hatte sein Leben gewagt, um Kalle zu retten. Das erinnerte mich an Johannes 15, 13: »Keiner hat größere Liebe als der, der sein Leben läßt für seine Freunde.«

Die Leute, die auf der Straße vorbeigingen, sahen auf Kalle. Sicher nahmen viele an, daß er tot sei. Als wir das Krankenhaus erreichten, folgte uns bereits eine Menge neugieriger

Jungen und Mädchen.

Wir stiegen die breiten Stufen hinauf und hinunter in eine lange, weiße Halle. Schwestern rannten hin und her. Einige trugen Tabletts mit Essen, andere hatten Bettücher auf den Armen, und wieder andere hielten Flaschen mit Medizin in der Hand.

Herr Lorenz trug Kalle durch eine Tür mit der Aufschrift: »Unfallstation«. Wir wollten ihm folgen, aber eine Schwester sagte: »Es tut mir leid, ihr Jungen, aber ihr müßt im Warteraum bleiben.«

Wir gingen hinein und setzten uns. Wir redeten nicht viel und das nur im Flüsterton. Ich wußte, die andern dachten genau das gleiche wie ich. Kalle ist nicht bereit zum Sterben. Die Bibel sagt, wenn du Christus nicht vor dem Tode angenommen hast, kannst du nicht in den Himmel kommen, um bei Gott zu sein. Es war kein schöner Gedanke, deshalb betete ich aus tiefstem Herzen. Ich wußte, die anderen Jungen beteten auch.

Ich weiß nicht, wie lange wir warteten. Stunden schienen zu vergehen. Endlich sahen wir, wie Kalle auf einem merkwürdigen Bett, das Räder hatte, herausgefahren wurde. Sein Kopf wurde fast ganz von den dicken, weißen Verbänden bedeckt, und sein rechter Arm hing an einem Flaschenzug. Später erfuhren wir, daß sein Arm gebrochen war. Herr Lorenz sagte zu uns: »Ihr könnt Kalle jetzt nicht sprechen; er ist bewußtlos. Aber der Doktor hofft, daß er durchkommt.«

Immer noch traurig und betrübt, verließen wir das Krankenhaus. Es sah so aus, als ob Kapitän Dells Mannschaft vom Pech verfolgt würde. Doch wenn ich gewußt hätte, was im Laufe dieses Tages auf der Geisterinsel alles passierte, ich weiß nicht, was ich getan hätte.

Wir erzählten Herrn Lorenz alles über Kapitän Dells Hausboot, wie es verschwunden war, und dann auch noch der Kapitän selbst. Wir berichteten ihm auch von den verschiedenen Anhaltspunkten und unseren Plänen, die Insel von einem Ende bis zum anderen abzusuchen.

Als wir ihm alles erzählt hatten, sagte er: »Gut, Jungs, wir befestigen euer Boot am Ende meiner Jacht, und ihr kommt an Bord. An der Insel setze ich euch ab. Ihr gewinnt Zeit und könnt inzwischen mit uns essen.«

Das ließen wir uns nicht zweimal sagen. Bald glitten wir in voller Fahrt über das Wasser. Was für ein Mittagessen gab es auf dem schönen, großen Schiff! Ein herrliches Steak mit Zwiebeln und dem besten Krautsalat, den ich je gekostet habe. Zum Nachtisch bekamen wir eine große Schüssel mit Schokoladeneiskrem, meinem Lieblingseis. Ich hätte es noch mehr genießen können, wenn ich gewußt hätte, daß mit dem Kapitän und mit Kalle alles in Ordnung gewesen wäre. Doch konnten selbst die Sorgen unseren guten Appetit nicht ganz verdrängen.

Als wir mit dem Essen fertig waren, hatten wir die Insel auch schon erreicht. Die große Jacht konnte nicht so dicht an die Insel heranfahren, da die Gefahr bestand, auf ein Riff zu laufen. So kletterten wir an einer Strickleiter in unser Boot und ruderten den Rest des Weges.

Ein merkwürdiger Schauer überlief mich, als das Ruderboot auf das Ufer der Insel zuglitt.

DIE GEISTERINSEL

Die Wellen peitschten auf den steinigen Strand und rollten wieder zurück ins Meer. Wir hatten immer noch unsere Badehosen an, so zogen wir unsere Kleider aus und sprangen über Bord in das seichte Wasser.

»Jetzt müssen wir aber sehr vorsichtig sein und unser Boot gut verstecken. Wir wollen ja nicht, daß es jemand findet und uns auf der Insel zurückläßt«, sagte Ralf.

»Dort sind ein paar dicke Büsche, da verstecken wir es«, schlug Spinne vor.

Mit großer Sorgfalt zogen wir das Boot herauf und versteckten es, dann verwischten wir unsere Spuren im Sand. Am Ufer wuchs hartes Gras, und wir benutzten es, um das Boot damit zu bedecken. Das Versteck schien ausgezeichnet zu sein.

»Bevor wir unsere Entdeckungsreise an-

Mit großer Sorgfalt zogen wir das Boot herauf und versteckten es.

treten, denke ich, sollten wir zuerst einmal beten, für Kalle, für den Käpt'n und für unsere Sicherheit«, schlug Mops vor.

Es ist Klasse, echte Christen als Freunde zu haben. Wenn irgend etwas Wichtiges passiert, kann man es zusammen besprechen und es dann gemeinsam dem Herrn Jesus sagen.

Wir suchten uns einen schattigen Platz aus, knieten nieder und beugten unsere Köpfe. Wir beteten alle, keine langen Gebete, nur ein kurzes Gespräch mit dem besten Freund, den ein Junge oder ein Mädchen haben kann. Als wir uns wieder aufrichteten, fühlten wir uns ganz ruhig und gelassen.

»Wir wollen heute zusammenbleiben und direkt auf die Sturmseite der Insel zum Atlantischen Ozean hinübergehen. Neulich haben wir nämlich diese Seite überhaupt nicht ausgekundschaftet«, sagte Ralf.

Wir zogen unsere Kleider an und gingen auf das dunkelgrüne Unterholz zu.

»Seht mal das da«, rief Spinne und deutete

auf einen Teil eines Bootes. Auf einer Seite stand mit verwitterten Buchstaben geschrieben: »Schöne Lilie!«

»Was da wohl wieder für ein Geheimnis dahintersteckt?« fragte Mops.

»Ich weiß es nicht. Aber sieh mal da, ist das nicht ein Koffer?« Ich ging zu der Stelle, wo Ralf hingezeigt hatte, und fand einen alten Überseekoffer, der auf der einen Seite im Sand vergraben war und dessen oberes Ende mit einem rostigen Vorhängeschloß zugehalten wurde.

»Vielleicht ist es eine Schatztruhe, die mit Gold und Silber gefüllt ist«, flüsterte Mops.

»Ich glaube kaum. Sieh, ich kann sie mit einer Hand schütteln«, entgegnete ich.

»Wir sollten sie trotzdem aufmachen«, sagte Spinne und schlug auch schon mit einem großen Stein auf das Schloß.

»Nur eine alte Hose«, sagte Mops enttäuscht. Er hob sie an den Hosenbeinen hoch. Sie war so alt, daß sie auseinanderfiel, aber ein klingender Laut traf unsere Ohren, und eine Sekunde später hielt Mops sieben Münzen in seiner Hand.

»Na, wer sagt's denn, daß es keinen Schatz auf der Geisterinsel gibt?« lachte er.

»Was für Münzen sind es?« fragte Ralf, nachdem er sie aus der Nähe betrachtet hatte. Doch keiner von uns kannte die Schrift.

In diesem Augenblick ertönte ein so unheimliches Geschrei, wie ich es in meinem Leben noch nie gehört hatte. Es schien aus allen Richtungen zu kommen. »Tschiek! Tschiek!« ertönte es wieder und wieder.

»Was ist das bloß?« fragte Mops mit zitternder Stimme.

Keiner antwortete, aber die Schreie hielten an. Es klang so wie ein Mädchen schreit, wenn es eine Maus sieht.

Wir standen wie angewurzelt und befürchteten das Schlimmste. Plötzlich flog ein großer Vogel langsam von einem dürren, windzerzausten Baum direkt auf uns zu. Wir duckten uns unter ein paar Büsche und beobachteten, wie der Vogel uns umkreiste. Ralf war der erste, der ihn erkannte.

»Ich weiß, was das für einer ist. Es ist ein Seeadler. Er gehört zur Familie der Falken.«

»Ist mir völlig Wurscht, was das für einer ist«, sagte Mops. »Ich will nur nicht, daß er seine Klauen oder seinen krummen Schnabel an mir ausprobiert.«

»Wahrscheinlich hat er ein Nest in dem Baum, und deshalb ist er so ärgerlich«, erklärte Ralf.

Während der große Vogel die Luft immer noch mit seinem Schreien erfüllte, zogen wir uns zurück und machten einen Bogen um den Platz. Das Gehen wurde allmählich beschwerlicher, und das Unterholz schien fast nur aus Dornen zu bestehen, als wir uns der Mitte der Geisterinsel näherten. Der Wind blies klagend durch die Bäume.

Obwohl wir weit vom Wasser entfernt waren, deuteten Spuren darauf hin, daß das

Wasser bis zu dieser Stelle gekommen war. Im Schatten stießen wir auf ein anderes Wrack, und hie und da sahen wir angeschwemmtes Holz. An einigen Stellen senkte sich der Boden unter unseren Füßen. Es war jetzt Ebbe, aber wenn die Flut kam, würde bestimmt ein großer Teil der Insel unter Wasser stehen.

Ralf, der vorausging, blieb auf einmal so plötzlich stehen, daß ich mit ihm zusammenstieß. Dann sah ich, was ihn zum Halten veranlaßt hatte. Auf einem Busch hing ein abgerissenes Stück von den buntgemusterten Vorhängen der »Arche Noah«.

»Wir müssen auf einer heißen Spur sein«, flüsterte Ralf, als er das Stück Stoff in die Hand nahm. »Seht, es ist ganz schmierig. Das Boot muß hier irgendwo in der Nähe sein.«

»Vielleicht ist die ›Arche Noah‹ gesunken«, warf Mops ein.

»Ich glaube nicht. Wenn sie gesunken wäre, würden wir doch nicht einen fettverschmierten Vorhang finden. Nein, mein Freundchen, ich glaube, jemand hat den Motor damit abgewischt und dann fortgeworfen. Vergeßt nicht, daß die Flut bis hierher kommt. Immerhin hatten wir schon einen Sturm, seitdem das Boot verschwunden ist, und das Wasser überschwemmte wahrscheinlich den größten Teil der Insel.«

Nach diesem aufregenden Fund zogen wir weiter, aber nach etwa dreißig Metern blieb Ralf schon wieder stehen. Da, auf der Erde, lag das zerschlagene Bild von Hofmanns Christuskopf. Es war das gleiche Bild, das an Kapitän Dells Kabinenwand hing.

»Es sieht so aus, als ob wir alles finden außer dem Boot«, sagte Spinne leise.

»Es muß hier in der Nähe sein«, fügte Ralf hinzu.

Wieder bewegten wir uns vorsichtig weiter, wobei wir Büsche und Bäume auf Zeichen der Gefahr oder Hinweise scharf musterten. Die Sonne verschwand hinter einer

Wolke, was die Atmosphäre natürlich noch gespenstischer machte.

Spinne flüsterte: »Ich habe eine Idee. Ich klettere auf jene hohe Föhre. Vielleicht kann ich von dort etwas entdecken.«

Wenige Augenblicke später kletterte er schon an dem rauhen Stamm empor. Höher und höher stieg er. Wir warteten, vor Aufregung zitternd, und als wir einen Ausruf des Erstaunens hörten, sprangen wir vor Neugierde auf.

Spinne rutschte den Stamm herunter und ließ sich auf den Boden fallen. »Was hast du gesehen?« stieß Mops atemlos hervor.

»Ich bin nicht ganz sicher, aber nach Norden zu entdeckte ich ein weiß angestrichenes Gebäude. Es mag unwahrscheinlich klingen, aber es sieht aus wie die ›Arche Noah‹ auf trockenem Land!« sagte Spinne.

Ralf und ich kletterten ebenfalls auf den Baum, um die Sache mit eigenen Augen zu sehen. Mops versuchte es auch, aber sein

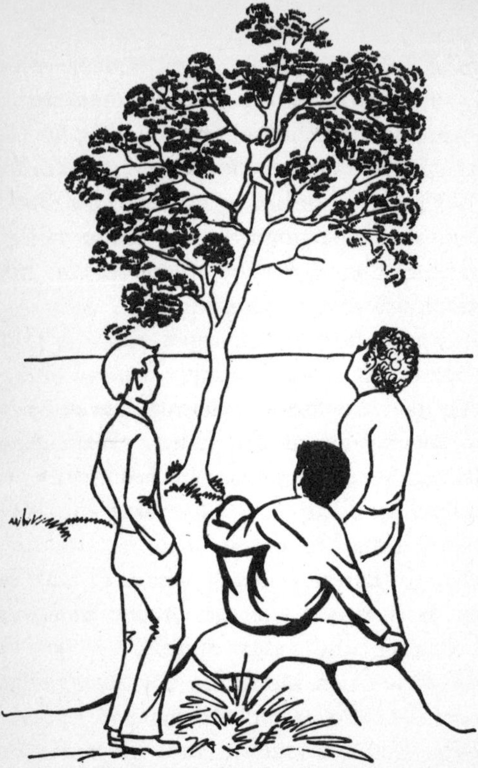

Höher und höher stieg er.

pummeliger Körper hinderte ihn, so daß er es bald aufgab. Ralf und ich hatten keine Schwierigkeiten. In wenigen Minuten thronten wir hoch oben auf einem Ast. Was für ein Ausblick! Drüben an der Westküste konnte ich Schnackdorf sehen, wie es sich die Bucht entlang erstreckte, und weit im Osten sah ich Ozeandampfer, die lange Rauchwolken hinter sich herzogen.

Ralf beugte sich herüber und stieß mich an. Ich folgte seinem Finger bis zu einem Punkt, der etwa fünfhundert Meter entfernt war. Zuerst konnte ich nichts sehen. Aber dann erspähte ich nach genauem Hinsehen einen weißen Fleck; es konnte tatsächlich ein Gebäude sein.

Wir glitten den Baum hinunter auf die Erde. Ralf sagte: »Ich bin nicht sicher, was das da drüben ist, aber es sieht aus wie ein Haus, obwohl ich noch nie von einem Haus auf der Geisterinsel gehört habe.«

Wir krochen durch die Dornen und

Büsche. Die Stacheln schienen sich in unsere Kleider und Hände zu graben, und wir verletzten uns immer wieder, aber vor lauter Aufregung blieben wir still.

Plötzlich hörten wir vor uns einen eigenartigen Laut. Langsam schoben wir uns in Richtung der Hütte vor. Der Ton wurde lauter, als wir uns näherten. Ich meinte, laut schreien zu müssen, wenn nicht bald etwas geschehen würde.

Schließlich kamen wir zu einer Lichtung mit sumpfigem Boden. In der Tat, der Boden war aufgeschwemmt mit Wasser. Wir lagen da und beobachteten die andere Seite der Lichtung. Was wir da entdeckten, war genug, den stärksten Jungen umzuhauen. Da, hinter einigen verwitterten Bäumen lag die »Arche Noah« auf trockenem Land! Ein kratzendes Kichern tönte aus dem Innern des Bootes an unser Ohr.

Während wir noch erstaunt dastanden, kam ein Mann an die Tür, sah sich um, duckte sich und verschwand nach drinnen. Es war der gleiche rauhe Geselle, der Ralf und mir gedroht hatte, als wir fischten. Durch ein kleines Fenster konnten wir sehen, wie menschliche Gestalten in dem Boot hin und her gingen, und sehr bald erkannten wir den Mann, der die blauen Hosen trug. Es sah so aus, als ob Kapitän Dells Mannschaft das Geheimnis des verschwundenen Hausbootes gelöst hätte.

Ralf winkte uns mit der Hand, wir sollten vom Boot weg in den Wald kriechen. Ich nahm an, er wollte den Plan für den nächsten Schritt mit uns besprechen. Als Mops sich umdrehte, um zurückzukriechen, trat er auf einen Stock, der mit einem Krach so laut wie ein Gewehrschuß nachgab. Wir verharrten ganz still, in der Hoffnung, daß die Männer nichts gehört hätten.

GEFANGENE

Ich atmete erleichtert auf, als einer der Männer an die Tür trat und einen Augenblick später wieder nach drinnen verschwand, ohne uns zu entdecken. Als Mops auf den Stock getreten hatte, war es für mich fast schon sicher, daß wir entdeckt würden. Nach ein paar Minuten eilten wir zurück zu dem Baum, den wir als Ausguck hatten.

»Ich möchte bloß wissen, was das für ein Geräusch ist, das von dem Boot kommt?« fragte Spinne.

»Ich kann mir auch nichts darunter vorstellen«, stieß ich hervor.

»Laßt uns zurück zu Polizist Brauns Büro gehen und Hilfe holen«, flüsterte Mops.

»Ich denke, einer sollte hierbleiben und das Boot beobachten«, sagte Ralf.

»Ich bleibe hier«, riefen Mops, Spinne und

ich wie aus einem Munde.

Ralf sagte: »Ich wollte eigentlich selbst hierbleiben.«

»Wir können nicht alle bleiben. Wir brauchen Hilfe. Einer muß zurückgehen«, sagte Spinne. Aber keiner von uns wollte freiwillig gehen. Auch ich fand es viel interessanter, das Hausboot zu beobachten.

Ein Gedanke stieg in mir auf: »Laßt uns Hölzchen ziehen, und derjenige, der das kürzeste zieht, muß in die Stadt zurückkehren und Hilfe holen.«

»In Ordnung«, sagte Ralf. »Weil du daran gedacht hast, holst du auch die Hölzchen.«

Ich rupfte mehrere trockene Grashalme und brach drei davon drei Zentimeter lang und das vierte ungefähr zwei Zentimeter lang. Ich mischte und ließ sie nur noch ein Stückchen aus meiner geschlossenen Hand hervorstehen.

»Mops, du ziehst zuerst.« Er zog langsam und ein wenig ängstlich, es könnte das kurze sein. Es war es nicht, und ein erleichtertes Grinsen überzog sein Gesicht. Ralf zog als Nächster, auch er kam ungeschoren davon.

»Gut, Spinne, wenn du nun das andere lange Hölzchen ziehst, muß ich gehen«, jammerte ich.

»Ich hoffe, daß du die Aufgabe übernehmen mußt«, sagte Spinne, als er noch nicht wußte, welches er ziehen würde. Beinahe hätte ich mich vor Freude vergessen und laut geschrien, als ich sah, daß er das Zwei-Zentimeter-Hölzchen in der Hand hielt. Spinne runzelte vor Enttäuschung die Stirn, aber er war kein Spielverderber.

»Der Wind bläst ganz schön heftig. Ich hoffe, daß dir die Wellen nichts ausmachen und du keine Schwierigkeiten bekommst«, sagte ich, als ich bemerkte, daß sich die Baumspitzen hin- und herbewegten.

»Macht euch keine Sorgen. Ich bin wieder zurück, bevor ihr ›Daniel in der Löwengrube‹ aufgesagt habt«, und er verschwand

Wir versteckten uns hinter einigen dichten Büschen und beobachteten von dort, was weiter um die »Arche Noah« vorging.

in Richtung Ruderboot.

Einige Sekunden lang verfolgten wir Spinnes Bewegungen, aber dann wurden die Geräusche immer leiser, bis es endlich ganz still war. Ralf drehte sich um, als plötzlich ein anderer Laut an unser Ohr drang. Wir nahmen an, daß Spinne etwas vergessen hätte und deshalb zurückkäme.

Das Geräusch kam näher und näher. Da! Eine Gestalt! Die andern sahen sie zu gleicher Zeit, und ich dachte, jetzt sind wir erledigt! Nicht weiter als fünfzig Meter von uns entfernt, stand unser Feind mit dem vernarbten Gesicht. Wir bewegten keinen einzigen Muskel. Seine glänzenden Augen spähten umher. Ich betete lautlos. Ein paar Sekunden später wandte er sich in die Richtung, die auch Spinne eingeschlagen hatte.

»Hu, das war aber knapp«, flüsterte Ralf, als das Geräusch erstarb.

»Ich hoffe nur, daß dieser Kerl Spinne nicht finden wird«, brachte ich hervor und betete darum.

Wir versteckten uns hinter einigen dichten Büschen und beobachteten von dort, was weiter um die »Arche Noah« vorging. Von unserem Versteck konnten wir den Platz gut übersehen. Die Männer hatten etwas angeschwemmtes Holz ausgelegt als Ersatz für eine Rampe, die zum Deck führte.

Das Land rund um das Boot schien feuchter als vorher zu sein, und ich stellte fest, daß das Wasser langsam höher stieg. Ich hatte mich schon gewundert, wie die Männer es an diesen Platz geschafft hatten. Jetzt sah ich es ganz genau. Die »Arche Noah« lag in einer Art Sumpfloch, und wenn die Flut kam, füllte sich diese Stelle der Insel mit Wasser. Es war sicher einfach, das Boot während der Flut hierher zu befördern. Ich erinnerte mich, daß Ebbe gewesen war, als der Suchtrupp des Polizisten um die Geisterinsel gefahren war. Das bedeutete, daß sie auf keinen Fall in die Nähe von Kapitän Dells Boot

Er verschwand in Richtung Ruderboot.

kommen konnten.

Der Himmel wurde dunkler und dunkler. Der Wind fuhr durch die Bäume, bis sie ächzten, und wieder schickte ich ein Bittgebet für Spinne gen Himmel. Nach langer Zeit kehrte das Narbengesicht zurück. Was für eine Erleichterung! Er hatte Spinne also nicht gefunden.

Die zwei Männer sprachen einige Zeit so leise, daß ich es nicht verstehen konnte. Sie gingen die behelfsmäßige Laufplanke hinunter und wandten sich nach Osten. Ich nahm an, daß dort das Schnellboot versteckt war.

Wir warteten ungefähr eine halbe Stunde, dann flüsterte Ralf: »Laßt uns die Gelegenheit wahrnehmen und an Bord gehen. Die Männer sind wahrscheinlich zum Festland gefahren.«

»Und was ist, wenn sie wiederkommen?« stammelte Mops.

»Ich glaube kaum, daß sie das tun«, erwiderte Ralf.

Auch mich reizte im Augenblick nur der Gedanke, die »Arche Noah« zu erforschen. Nachdem wir Mops überredet hatten, schlichen wir uns über die Lichtung die Planken hinauf. War das ein Gefühl! Nicht daß ich Angst gehabt hätte, wenigstens nicht sehr, aber ich zitterte vor Aufregung. Was würden wir drinnen finden? Was verursachte die merkwürdigen Geräusche? Würden wir dort eine Spur von dem Kapitän finden? Diese Fragen und viele andere würden jetzt bald beantwortet sein, dachte ich.

Ich ging auf Zehenspitzen zu einem Fenster, aber ich konnte nicht hineinsehen, weil schwarze Vorhänge vorgezogen waren. Ralf legte seine Hand auf den Türknauf, und dann zerriß ein schriller Ton die Stille. Mopsens Gesicht wurde weiß wie die Wand und meines wahrscheinlich auch.

Ralf drehte sich mit einem Lächeln zu uns um und flüsterte: »Die Tür muß mal geölt werden.«

Zuerst konnten wir innen nichts sehen, weil es so dunkel war, aber als sich unsere Augen daran gewöhnt hatten, machten wir wirklich erstaunte Gesichter.

Hunderte von Geldscheinen bedeckten den Fußboden.

Eine große Maschine stand in einer Ecke, ebenfalls beladen mit Packen von Geldscheinen, genau wie der Tisch. Mein erster Gedanke war, daß wir jetzt reich geworden waren. Doch langsam begann es in meinem Kopf zu dämmern, daß alles Falschgeld sein mußte und die Schurken das Boot gestohlen hatten, um es als Versteck für die Herstellung des Geldes zu benutzen.

»Was war das?« stieß Mops aus, indem er seine Ohren in Richtung Tür spitzte. Wir erwarteten das Schlimmste, aber Minuten gingen dahin, ohne daß etwas geschah.

»L-l-laßt u-u-uns von h-h-h-hier weg-g-gehen«, stotterte Mops. Wir schlichen leise zur Tür und die Planken hinunter. Das Wasser rund um das Boot war schon ungefähr zwanzig Zentimeter gestiegen.

Wir gingen zurück in unser Versteck. Da fiel mir das Missionsgeld ein, von dem der Kapitän erzählt hatte, und ich flüsterte: »Ich bin in einer Minute wieder da, Jungs, ich muß nur was für Käpt'n Dell holen. Ich erkläre es euch später.«

Ich watete durch das Wasser zum Boot hinauf und tastete in Kapitän Dells Geheimfach herum, bis meine Hand an einen Briefumschlag stieß. Hastig stopfte ich ihn in meine Tasche und machte mich auf den Weg zu Mops und Ralf.

An der Tür hielt ich an und sah zu unserem Versteck hinüber. Ich konnte die Jungen, die hinter den Büschen hockten, kaum sehen. Wenn ich nicht gewußt hätte, daß sie da gewesen wären, ich hätte sie niemals entdeckt. Einen Augenblick später erblickte ich etwas, das sich ungefähr drei Meter von ihnen entfernt bewegte.

Die zwei häßlich aussehenden Männer waren zurückgekehrt und krochen näher und näher zu Mops und Ralf heran. Sie hatten beide Keulen in der Hand. Ich wollte einen Warnschrei ausstoßen, aber die Kehle war mir wie zugeschnürt. Dann versuchte ich, sie durch Gesten zu warnen, aber ich schien wie erstarrt zu sein.

Nachdem ich schließlich meine Angst überwunden hatte, stürzte ich die Planken hinunter zu den Jungen, gerade als die zwei Männer nach ihnen griffen. Ralf konnte für einen Augenblick ausweichen, aber das Narbengesicht war schneller und schlug Ralf mit einem festen Hieb auf den Schädel. Ich wandte mich der »Blauhose« zu, aber Mops und ich waren ihm nicht gewachsen. In wenigen Sekunden lagen wir ausgestreckt auf dem Boden.

Die Dinge standen schlecht für uns, als die Männer uns durch das seichte Wasser zum Hausboot schleiften. Ich sah, wie Ralf seine

Arme bewegte, so wußte ich wenigstens, daß er nicht zu schlimm verletzt war.

Die Männer fluchten und wetterten. In der Schiffskabine angekommen, banden sie uns zusammen und legten uns auf den Boden.

»Seid ihr nicht die Jungs, die ich neulich von der Insel verjagt habe?« brummte das Narbengesicht.

Meine Zähne klapperten so heftig, daß ich nicht antworten konnte, und der arme Mops sah aus, als ob er sich in einer Gesellschaft von Piraten befände. Unser Stummsein machte die Männer nur noch ärgerlicher, und einer knurrte: »Ihr antwortet besser, oder ihr bekommt das gleiche wie er«, und damit zeigte er auf Ralf.

Dann fühlte ich, wie meine Furcht von mir abfiel. Warum sollte ich eigentlich Angst haben? Der Herr Jesus war doch immer mit uns. So sagte ich: »Sie haben recht, das waren wir.«

»Nun gut, wenn ihr tut, was ich sage, bekommt ihr auch keine Schwierigkeiten«, knurrte er.

Die Männer zündeten mehrere alte Petroleumlampen an und gingen in den Steuerraum. Dort flüsterten sie so leise, daß ich es nicht verstehen konnte. Was war das für eine mißliche Lage für uns drei Detektive!

DUNKLE AUGENBLICKE

Ich kann dir sagen, während ich auf dem Boden lag, habe ich wirklich ernst gebetet. Eine Menge Bibelverse, die ich während einer Bibelfreizeit gelernt hatte, kamen mir in den Sinn. Der eine, der am besten in unsere Lage paßte, war mein Lieblingsspruch: »Fürchte dich nicht, denn ich bin mit dir, erschrick nicht, denn ich bin dein Gott; ich stärke dich, ja ich helfe dir auch.« Wenn man in einer so schwierigen Lage ist, dann ist es gut, wenn man sich auf die Verheißungen des himmlischen Vaters stützen kann.

Nach einer Weile kamen die Männer zu uns und begannen, Fragen zu stellen. »Blauhose« sagte: »Wißt ihr Jungen, wem dieses Boot gehört?«

»Ja«, stieß ich hervor, »es gehört Käpt'n Dell.«

Ich sah, wie er dem Narbengesicht einen Wink gab, als er fragte: »Wo ist der Besitzer jetzt?«

»Wir wissen es nicht. Er wird seit Samstag vermißt«, antwortete ich.

»Wird er von irgendwelchen Leuten gesucht?« fragte das Narbengesicht.

Ich war froh, daß Ralf antwortete. »Die ganze Stadt Schnackdorf hält nach ihm Ausschau«, sagte er. Dann fügte Ralf die Frage hinzu: »Wißt ihr, wo er ist?«

Die Männer lachten roh. »Und wenn wir es wüßten, meinst du, Junge, wir würden es dir erzählen?«

Ich hörte, wie »Blauhose« in den Bart murmelte: »Vorwitziger Bengel!« Ein kleiner Hoffnungsstrahl war zu sehen, denn danach, wie sich die Männer verhielten und was »Blauhose« sagte, schien der Kapitän noch zu leben, und es sah so aus, als ob die Männer etwas über seinen Aufenthaltsort wüßten.

»Ihr Jungs habt uns in allerlei Schwierigkeiten gebracht«, sagte der Narbengesichtige. »Weiß irgend jemand, wo ihr seid?«

Mops antwortete: »Sicher wissen unsere Eltern, wo wir sind. Und außerdem ging einer von unserer Bande zurück nach Schnackdorf, als wir das Boot gefunden hatten. Sie werden wohl bald hier eintreffen.«

Das schien die Männer etwas nervös zu machen, wie einen Kanarienvogel, der mit der Katze zusammen in den Käfig gesperrt ist, denn »Blauhose« sagte: »Wir verschwinden besser von hier, ehe wir geschnappt werden.«

»Nicht so schnell«, antwortete der Narbengesichtige. »Die Kinder führen uns vielleicht nur hinters Licht. Wir gehen einfach nach draußen und schauen, ob irgendeine Gefahr droht. Wenn ja, hauen wir ab!«

Ich hätte schrecklich gern gewußt, was er damit meinte, als er sagte: »Wir müssen die Kinder loswerden.« Was hatten sie mit uns vor? Aber sie sagten nichts mehr. So blieb ich im Ungewissen.

Die Männer packten eine kleine Tasche voll mit Falschgeld und bliesen die Lampe aus. Als sie die Tür öffneten, war ich erstaunt, wie dunkel es draußen war. Wo blieb nur Spinne? Er hätte schon längst zurück sein müssen!

Als die Männer verschwunden waren, sagte Ralf: »Könnt ihr Jungs euch von den Seilen befreien?«

»Ich nicht«, antwortete ich. »Aber nun weiß ich, wofür das Seil war, das der eine Mann neulich bei meinem Vater gekauft hat. Ist doch reichlich komisch, mit einem Seil zusammengebunden zu sein, das aus dem Laden meines Vaters kommt.«

Mops sagte: »Vielleicht kann ich loskommen. Die Seile scheinen nicht so stramm um meine Arme zu sein.«

»Versuch es weiter«, riet ihm Ralf.

Eine Zeitlang sagten wir nicht viel. Ab und zu stöhnten wir, während wir versuchten, uns freizumachen. Es schien, als ob schon eine Stunde vergangen sei, als ich fühlte, daß das Boot ein wenig hin und her schwankte.

»Es muß Flut sein«, sagte ich.

»Jungs! Wenn wir nur los könnten, dann könnten wir das Boot klarmachen und entwischen», fügte Ralf hinzu.

Ich betete im stillen weiter und arbeitete zugleich an den Seilen, aber es war Mops, der zuerst ein kleines Siegesgeheul von sich gab.

»Ich glaube, ich habe sie bald weg«, seufzte er. »Ja, Jungs, ich bin frei!« sagte er einen Augenblick später. Wir konnten ihn im Dunkeln nicht sehen, aber ich konnte mir vorstellen, wie glücklich er aussah.

»Gut! Binde deine Beine los und befreie uns dann!« schlug ich ungeduldig vor.

In wenigen Augenblicken hatte Mops uns freigemacht. Wir saßen einige Minuten lang herum, damit das Blut wieder in Bewegung kam. Meine Beine brannten, als ob sie von tausend Nadeln gestochen würden.

»Wenn wir bloß etwas Licht hätten! Ich kann gar nichts sehen«, sagte ich.

»Auch wenn wir Licht hätten, würde es uns nichts nützen, denn die Männer sind draußen und halten Ausschau«, erinnerte Ralf mich.

»Was machen wir nun?« fragte Mops. »Wie geht es deinem Kopf, Ralf?«

»Ich habe eine große Beule, aber die Wunde ist nicht so tief. Es hat auch aufgehört zu bluten. Es geht mir also wieder ganz gut. Kommt, wir schlüpfen durch das Fenster in den Schaltraum, dann können wir das Deck entlang zu den Seilen kriechen.«

Wie drei Mäuse um eine schlafende Katze schleichen, so krochen wir im Dunkeln zum Fenster. Vorsichtig zogen wir den schwarzen Vorhang einen Spalt breit zur Seite, um zu sehen, ob die Männer in Sicht waren. Überall war jedoch nur undurchdringliche Finsternis, denn inzwischen war die Nacht hereingebrochen.

Wir krochen durch das Fenster auf das Deck, das einen halben Meter tiefer lag. War das dunkel! Der Wind sauste, und Regentropfen sprühten uns entgegen. Wir tasteten uns am Schiffsrand entlang, bis wir zu einem schweren Seil kamen, das über einen Metallhaken geschlungen war. Wir warfen das Seil über Bord, und die »Arche Noah« trieb frei dahin.

Wir rechneten jede Sekunde damit, die Männer hinter uns herkommen zu hören, aber weil es so dunkel war, hatten sie nichts bemerkt. Kein einziger Ton war zu hören! Wir lagen eine Weile auf Deck, dann flüsterte Ralf: »Auf, wir lassen den Motor an, und sobald wir sehen, wo wir sind, steuern wir der Freiheit zu.«

Das war wirklich eine gute Idee! Wir gingen zurück ins Boot und tasteten uns hinunter zum Maschinenraum. Die Dunkelheit war wirklich erdrückend.

»Ich habe den Motor gefunden«, frohlockte Ralf. Wir wußten, wie der Motor angelassen wurde, denn oft hatte uns Kapitän Dell das Boot steuern lassen, wenn wir auf Fischfang gingen.

Mops und ich tasteten uns neben Ralf in den Maschinenraum. Dort drehten wir den Knopf herum und drückten auf den automatischen Starter. Nichts passierte. Wir versuchten es wieder.

»Vielleicht ist der Benzintank leer«, brachte Mops hervor, nachdem wir es schon das hundertste Mal versucht hatten. Ich tastete mich an der Wand entlang zu dem Tank und klopfte einige Male hart dagegen. Ein hohler Laut bewies leider, daß Mopsens Gedanke richtig war.

»Wir sitzen also fest«, sagte Ralf traurig.

Wir kletterten die Leiter wieder hinauf aufs Deck. Der dünne Regen hatte sich in einen heftigen Schauer verwandelt. Plötzlich flammte der ganze Himmel in weißem Licht auf, als ein zickzackförmiger Blitzstrahl aufleuchtete. Das Boot trieb zwischen den Bäumen umher, aber weit von der Stelle entfernt, wo es vorher festgemacht war. Vor uns sahen wir ein Stück offenes Wasser, und wir nahmen an, daß das der Atlantik war.

»Ich glaube, die Richtung stimmt, in der wir treiben, aber es behagt mir nicht, in die offene See zu stoßen, ohne daß die Motoren laufen. Vielleicht sollten wir hinunterspringen und ans Ufer schwimmen«, schlug Ralf vor.

»Und von den Männern gefangen werden? Ohne mich!« sagte Mops. Ich stimmte Mops in diesem Falle zu. So entschlossen wir uns, auszuhalten.

Durch einen heftigen Schlag bäumte sich das Boot kurz auf. Einen Augenblick später stieß es hart irgendwo an. Ein neuer Lichtstrahl kam uns zu Hilfe. Da vor uns trieb das graue Schnellboot! Mit einem Seil war es an einem Baum befestigt.

Das Schnellboot versperrte uns den Weg,

so daß wir nicht vorbeifahren konnten. Alle paar Sekunden stießen die beiden Boote zusammen und machten einen Krach, daß ich sicher war, die Schurken würden dadurch auf uns aufmerksam werden.

Ralf sagte: »Ich mache das Boot los, und wir können es hinter uns herziehen. Das bedeutet, daß die Geldfälscher auf der Insel festsitzen und keine Möglichkeit haben, fortzukommen.«

Wir nahmen die Seile, mit denen die Männer uns zusammengebunden hatten, knoteten sie aneinander und ließen Ralf daran in das Boot hinab. Hin und wieder half uns das Aufleuchten eines Blitzes, die Dunkelheit zu durchdringen. Ralf gelang es, das Tau zu lösen und an Deck zu werfen. Wir zogen Ralf hoch, und nach kurzer Zeit trieben wir in die offene See. Hei! Wie wir hin- und herschwankten!

Der Regen kam in Strömen hernieder, und der Donner rollte über das Wasser. Manchmal dachte ich, das Boot würde umkippen.

Dann erhellte ein neuer Blitz den gesamten Himmel. »Wir müssen wohl gegen Süden treiben. Seht, da ist der Leuchtturm!« stellte ich aufgeregt fest.

»Huch! Wir fahren wohl furchtbar schnell«, schluckte Mops, und ich war sicher, daß er dabei an die felsige Küste dachte.

»Sagt, Jungs, ich habe eine Idee. Warum werfen wir nicht den Anker und bleiben hier, bis der Tag anbricht? Der Suchtrupp findet uns dann gewiß«, schlug Ralf vor.

Innen tasteten wir nach Streichhölzern, und als Mops sie gefunden hatte, steckten wir die Lampen an. Der Anker war vorne am Boot auf einer Winde, die vom Innenraum aus bedient werden konnte.

»Es scheint so, als brauchten wir nicht viel zu ziehen«, sagte Ralf, als er das schwere Seil abgerollt hatte. Das ganze Seil verschwand, aber das Boot bewegte sich noch weiter.

»Etwas stimmt nicht. Entweder ist das

Tau zu kurz, oder der Anker ist nicht schwer genug«, sagte Ralf, nachdem er das Seil aufgewickelt hatte und es dann fallen ließ. Schließlich drehte er das Seil bis zum Schluß auf, und zu unserem Schrecken sahen wir, was verkehrt war! Der Anker war gar nicht an dem Seil! Wir waren hilflos! Und das auf stürmischer See! Wir trieben auf die Felsen zu.

STURM

Unsere Situation war zum Verzweifeln. Der heulende Wind peitschte die Wellen auf und nieder und drehte das Boot hin und her.

»Wir müssen etwas unternehmen, oder wir werden bald kentern«, stöhnte Mops.

Ralf strich sich die Haare aus den Augen. »Ich hab's!« sagte er. »Wir klettern ins Schnellboot und lösen uns vom Hausboot. Es muß doch Benzin in dem Tank des Schnellbootes sein.«

Wir eilten zur Tür hinaus in den strömenden Regen. Dann und wann spülten die Wellen über Deck. So fest wie möglich hielten wir uns an der Reeling fest.

Wir erkämpften uns den Weg zur Hinterseite der »Arche Noah« und warteten auf den nächsten Blitz, der uns helfen sollte, in das Schnellboot hinunterzusteigen. Plötzlich kam der Blitz, aber was wir da in der Helligkeit sahen, machte uns unsere Gefahr nur noch deutlicher bewußt. Die Wellen warfen das Schnellboot umher wie eine Nußschale, und was noch schlimmer war, es war halb gefüllt mit Wasser. Wegen der wütenden See hätten wir niemals an Bord gehen können.

Näher und näher trieben wir auf das Warnsignal zu. Es blinkte Gefahr! Gefahr! Gefahr! Hie und da entdeckte ich am Ufer entlang Lichter von Häusern. Ich dachte an mein eigenes Zuhause und daß Mutter und Vater sich wohl Sorgen um mich machten. Auch noch eine Menge anderer Gedanken kamen mir in den Sinn. Solche Gedanken, von denen ein Junge nicht gern spricht: tiefe Gedanken, die ihn zum Weinen bringen. Aber weil er ein Junge ist, hält er die Tränen zurück.

Ralfs Stimme rief durch den brausenden Sturm: »Jungs, laßt uns hineingehen und beten.«

In der Kajüte knieten wir nieder und beteten. Es dauerte nicht lange, da verschwand die Angst, und ich wußte, was immer auch passierte, mir konnte nichts geschehen. Wir beteten alle laut, und wir beteten auch für Kalle, daß er doch ein Christ würde, bevor es zu spät sei. Wir beteten für den Kapitän und daß der Herr Jesus uns helfen möge, aus dieser schwierigen Lage herauszukommen.

Als wir aufgehört hatten zu beten, setzten wir uns alle im Schneidersitz auf den Boden mitten in die Falschgeldnoten. Mops lehnte sich zurück an eine Schranktür. Kapitän Dell hatte die Schränke, die rundherum an den Wänden eingebaut waren, zur Lagerung von Vorräten benutzt.

Jeden Augenblick rechneten wir mit einem heftigen Aufprall, denn wir merkten, wie schnell das Boot durch das Meer dahintrieb. Wir sagten nicht viel, aber dafür gingen mir alle möglichen Gedanken durch den Kopf.

Plötzlich erklang der gruseligste Ton, den ich je gehört hatte, aus Mopsens Richtung zu uns herüber. Zuerst dachte ich, Mops habe diesen Laut von sich gegeben. Als ich aber in sein Gesicht schaute, wußte ich, daß auch er zu Tode erschrocken war. Während ich zu ihm hinüberschaute, kam das sonderbare schaurige Stöhnen wieder. Es kam nicht von seinen Lippen. Huch, war das ein Gefühl! Ich glaube nicht an Gespenster, aber jetzt hätte mich jedermann leicht überzeugen können, daß da ein Geist war.

Mops krabbelte zu mir und Ralf herüber und flüsterte: »J-j-jungs, v-v-v-vielleicht i-i-ist d-d-das der G-g-g-geist der I-i-i-insel, der h-h-hinter u-u-uns her i-i-ist.«

Ralf deutete auf die Schranktür und sagte mit zitternder Stimme: »Ich glaube, es kommt von da.«

»W-w-was sollen wir tun?« fragte ich mit einer Stimme, die mir selbst völlig fremd vorkam.

»U-u-u-u-h-h-h!« kam der gespenstige Laut wieder. Wir sprangen auf und rückwärts zur Tür hinaus auf das Deck. Ich erwartete, jeden Augenblick eine weiße Gestalt aus dem Schrank kommen zu sehen.

Ralf flüsterte: »Wir müssen nachsehen, was das ist.« Aus dem Klang seiner Stimme konnte ich schließen, daß er hingehen würde, um nachzuforschen. Er tat einen Schritt vor, stoppte aber dann plötzlich, als das Stöhnen wiederkam. Er ging erneut vor. Ich wollte eigentlich nicht, aber ich zwang mich, ihm zu folgen. Wenn ihm irgend etwas passierte, dann sollte es mir auch zustoßen. Sogar Mops ging hinter mir her, obwohl sein Gesicht so weiß wie Schnee war.

Schritt um Schritt näherten wir uns dem Schrank. Als Ralf endlich seine Hand auf den Türknauf legte, schien es uns, als seien Stunden inzwischen vergangen.

Die Tür ging langsam und quietschend auf. Die Öllampe flackerte und gab dadurch ein unbeständiges Licht, das die geheimnisvolle Atmosphäre noch erhöhte. Wir wichen alle zurück, als uns ein erneutes gedämpftes Stöhnen aus dem dunklen Fach entgegendrang. Ich nahm die Lampe und hielt sie näher hin, um besser sehen zu können. Vor meinen ungläubigen Augen lag ein Mann, fest zusammengeschnürt mit einem Seil.

Sein Rücken war uns zugewandt, und seine Beine waren ganz angezogen. Wieder stöhnte der Mann, und obwohl es nur ein schwacher Laut war, lag irgend etwas Bekanntes darin. Ralf bückte sich und zog die gebundene Gestalt auf den Boden.

Ich rang nach Luft. Es war Kapitän Dell! Ein großes Taschentuch war in seinen Mund gestopft und mit einem Strick festgebunden worden. So war es kein Wunder, daß sein Stöhnen merkwürdig klang. Vorsichtig nahmen wir den Knebel heraus und befreiten seine Hände und Füße von den Seilen.

Ich werde niemals die Worte vergessen, die

von des Kapitäns Lippen kamen, als er befreit war: »Jungs, wir haben einen wunderbaren himmlischen Vater!« rief er aus.

Er konnte nicht aufstehen, denn die Seile hatten ihn so lange in der gleichen verkrampften Stellung gehalten, daß seine Beine taub waren. Wir rieben seine Arme und Beine, damit das Blut wieder richtig in Umlauf kam. Sobald wir ihn in eine bequeme Lage gebracht hatten, sagte Ralf: »Käpt'n Dell, der Sturm treibt uns direkt auf die Felsen zu.«

»Starte den Motor und lenke das Boot in tieferes Wasser!« gab Kapitän Dell seine Anweisung.

»Wir haben es bereits versucht, aber der Benzintank ist leer«, erklärte Mops.

»Habt ihr es mit dem Reservetank versucht?« fragte der Kapitän.

»Ich wußte nicht, daß es einen gibt«, erwiderte Ralf.

»Rechts von dem Starter findest du ein Ventil. Öffne das und sieh, ob es dann startet«, sagte der Kapitän zu Ralf.

Ralf nahm eine Lampe und ging mit Mops in den Maschinenraum, während ich mich auf den Weg zum Steuerraum machte. Lichter flackerten über den Himmel und zeigten weißschäumende Meereswellen. Jeder Blitz ließ die Umrisse des Leuchtturms gegen den Himmel klar erkennen.

Es schien, als ob das Boot direkt auf die Felsen zusteuerte. Ich stieß ein Stoßgebet zum Himmel, daß doch Benzin im Reservetank sein möge, als ich auch schon ein Zittern im Boot verspürte. Dann drang ein tiefes Gesumme an mein Ohr. Die Motoren liefen!

Ich warf schnell das Steuerrad nach links, und das Boot reagierte darauf. Ein neuer Blitzstrahl führte mich haarscharf an einem Felsenriff vorbei. Ich fühlte die eine Seite des Bootes daran entlang kratzen, und einen Augenblick sah ich schon ein zerbrochenes Wrack vor mir. Ein anderer Blitzstrahl befreite mich von diesem Gedanken. Wir waren gerettet!

Mops und Ralf halfen Kapitän Dell zum Steuerhaus. Abwechselnd erzählten wir unsere Geschichte. Als wir geendet hatten, sagte Kapitän Dell: »Nun wollt ihr Jungen sicher wissen, wie ich in das Hausboot gekommen bin?«

Wir hörten dem Kapitän mit offenem Munde zu, als er uns seine Erlebnisse berichtete. »Also, nachdem ihr Jungen meinen Brummer auf der Geisterinsel gefunden hattet, entschloß ich mich, selbst nachzuforschen. So nahm ich letzten Samstag das Ruderboot und kam auf die Insel.

Ich landete auf der Westseite und suchte das Ufer eine Zeitlang in beiden Richtungen ab. Ich fand nichts, so begab ich mich wieder ins Boot und ruderte zur Ostseite. Ich wollte die Suche schon aufgeben, als das graue Schnellboot mit dem gesichtsvernarbten Mann mich einholte. ›Was machen Sie hier?‹ fragte er. Ich erklärte, daß die ›Arche Noah‹

vermißt würde, als ich plötzlich einen Teil meiner Vorhänge im Schnellboot entdeckte.

Das erhöhte meinen Verdacht, deshalb fragte ich ihn, was er darüber wüßte. Er versuchte, lächelnd darüber wegzugehen. Ich bemerkte aber, daß er sich nicht so ganz wohl dabei fühlte. So fragte ich ihn, woher er die Vorhänge habe. Das machte ihn ärgerlich, so ärgerlich, daß er versuchte, mein Boot zu rammen. Ich sprang über Bord und versuchte, ans Ufer zu schwimmen, aber er überholte mich und zog mich an Deck. Dann brachte er mich zum Hausboot und band mich mit einem Teil des Ankerseils. Später holten er und der andere Bursche ein neues Seil, womit sie mich noch fester zusammenschnürten.«

Mops unterbrach ihn: »Als der Mann sie gefangennahm, verloren Sie da Ihren Hut?«

»Meinen Hut? Ja, das stimmt. Woher weißt du das?«

»Wir fanden ihn in der Nähe der Anlegestelle im Wasser, und seitdem sucht die ganze Stadt nach Ihnen«, erklärte Mops.

»Nun gut, ich bin noch nicht ganz erledigt«, lachte der Kapitän.

In diesem Moment zerriß der hellste Blitzstrahl den Himmel. Einige Minuten lang sagte keiner ein Wort. Dann sprach der Kapitän ganz sachlich: »Die Bibel sagt uns: ›Denn gleich wie der Blitz ausgeht vom Aufgang und scheint bis zum Niedergang, also wird auch sein die Zukunft des Menschensohnes‹, Matthäus 24, 27. Jungs, es lohnt sich, bereit zu sein, wenn Jesus wiederkommt. Sein Kommen wird so plötzlich sein, daß es dann keine Möglichkeit mehr geben wird, sich zu ihm zu wenden.«

Ich konnte nicht anders, aber ich mußte an Kalle denken, der jetzt im Krankenhaus von Schnackdorf lag. Wie sehr betete ich darum, daß er doch Jesus annehmen möchte, solange er noch Gelgenheit dazu hatte.

Der Kapitän fuhr fort: »Soviel ich weiß,

werden jene Männer von mehreren Staaten gesucht. Sie stahlen das Hausboot, um es als Hauptquartier zu benutzen.«

»Es sieht so aus, als ob wir ihnen einen Strich durch die Rechnung gemacht hätten. Sie sind noch auf der Insel und haben keine Möglichkeit fortzukommen«, sagte Ralf.

»Eines verstehe ich nicht, Käpt'n Dell. Warum stöhnten Sie denn nicht eher?« fragte ich.

»Ja, Georg, in dem Schrank konnte ich die Stimmen nicht so genau unterscheiden, so hatte ich angenommen, ihr wäret die Männer gewesen, bis ich jemand ›Amen‹ sagen hörte. Da beschloß ich, die Gelegenheit wahrzunehmen und versuchte, nach Hilfe zu rufen«, antwortete Kapitän Dell.

»Ich bin sehr froh, daß Sie sich gerade in dem Augenblick dazu entschlossen«, sagte ich und dachte daran, wie wir um Haaresbreite an den Felsen zerschellt wären.

»Seht, die Sonne geht auf!« rief Mops aus.

Tatsächlich, drüben von Osten her leuchteten die ersten Strahlen eines neuen Tages über das Wasser. Erst jetzt stellte ich fest, wie todmüde ich war. Wie froh war ich, daß wir auf dem Nachhauseweg waren.

KALLE KOMMT DURCH

Als die Morgensonne höher stieg, sahen wir die Geisterinsel direkt vor uns. Das Meer war noch immer aufgewühlt und unruhig, aber der Sturm hatte sich gelegt, und der Sonnenschein überflutete Land und Meer.

Ralf sagte: »Ich fürchte, unsere Eltern daheim machen sich große Sorgen um uns.«

Plötzlich fiel mir Spinne ein. »Wo in aller Welt mag Spinne stecken? Warum hat er keine Hilfe geholt?« fragte ich.

»Also Jungs, in einer halben Stunde wissen wir alles. Seht dort drüben die Häuser von Schnackdorf«, fügte der Kapitän hinzu.

Nicht lange danach stieß ein Boot zu uns und begleitete uns zurück zur Anlegestelle.

»Wenn ich meine Eltern gesehen und beruhigt habe, werde ich sofort ins Krankenhaus gehen und sehen, wie es Kalle geht«,

Als die Morgensonne höher stieg, sahen wir die Geisterinsel direkt vor uns.

sagte ich.

»Ich komme mit«, warf Mops ein, und Ralf nickte mit seinem Kopf, um zu zeigen, daß er auch mit von der Partie sein würde.

Welch ein Empfang wurde uns an der Anlegestelle bereitet! Jemand mußte die Nachricht von der Ankunft der »Arche Noah« verbreitet haben, als das Boot gesichtet wurde, wie es in Richtung Schnackdorf trieb.

Der Kapitän fühlte sich bereits viel besser und übernahm das Steuerrad und lenkte das Hausboot zur Anlegestelle. Viele willige Hände machten es fest, und wir vier mit Kapitän Dell an der Spitze gingen an Land. Die Menge begrüßte uns mit lautem Beifall.

Ich entdeckte Vater und Mutter und war im Nu bei ihnen. Was für ein Gefühl, sie wiederzusehen! Ich küßte sie beide. Es war mir völlig egal, ob mich jemand dabei sah oder nicht. Ich glaube, ich war nie zuvor so glücklich, sie wiederzusehen, wie in diesem Augenblick. Vater strahlte über das ganze

Gesicht und strich mir dauernd über die Haare. Mutter stand mit einem Taschentuch da, um dann und wann eine Freudenträne wegzuwischen.

Nachdem die Begrüßung vorbei war, wurden wir mit Fragen überschüttet. Sogar der Nachrichtenreporter der Schnackdorfer Wochenzeitung stellte Fragen und machte Fotos von dem Boot und dem Kapitän und natürlich auch von uns.

Nachdem die erste Aufregung etwas abgeklungen war, entdeckte ich Spinne und rief ihm zu: »Wie ist es dir eigentlich ergangen?«

Spinne hatte einen merkwürdigen Gesichtsausdruck, als nun auch Ralf und Mops herüberkamen, um zuzuhören. »Hm, ich gebe es nicht gern zu«, begann er, »aber als ich den Rettungstrupp letzte Nacht auf die Insel brachte, hatte ich Schwierigkeiten, den Pfad, der zu dem Hausboot führte, wiederzufinden. Als wir ihn schließlich entdeckt hatten, war das Hausboot verschwunden. Wir stellten dann die beiden Geldfälscher, die auf der Insel umherirrten. Sie gestanden ihre Schuld, und Polizist Braun nahm sie fest. Nun sind sie im Gefängnis.«

Wir erzählten Spinne von unseren Abenteuern, während wir auf das Krankenhaus zugingen. Er war enttäuscht, daß er das Spannendste verpaßt hatte.

Spinne sagte: »Ich habe eine Überraschung für euch. Es gab eine Belohnung von dreihundert D-Mark für Informationen, die zur Verhaftung der Geldfälscher führten. Der Polizist sagte, daß wir das Geld bekommen würden!«

»Juchhuu!« riefen wir.

Plötzlich erinnerte ich mich an das Geld, das ich aus dem Geheimfach des Kapitäns genommen hatte. Ich faßte in meine Tasche. Das Geld war immer noch da, so rannte ich zurück und gab es Kapitän Dell.

Als ich die Jungen wieder eingeholt hatte, sah Ralf ernst aus. »Jungs, wir wollen uns beeilen. Ich möchte Kalle unbedingt alles erzählen«, sagte er.

Im Krankenhaus fragten wir die Schwester im Empfangsbüro, ob wir Kalle besuchen dürften. Sie lächelte freundlich und führte uns durch die Halle zu einer Tür. »Ihr könnt eine halbe Stunde bleiben.«

Kalle saß im Bett. Obwohl nicht viel von seinem Gesicht frei war, konnten wir doch sehen, daß er grinste.

»Hallo Jungs!« begrüßte er uns. Wir schüttelten ihm die Hand, aber die an seinem gesunden Arm, und erzählten ihm dann von unseren Abenteuern.

»Ich bin froh, daß ich euch getroffen habe«, sagte Kalle, als wir unsere Geschichte zu Ende berichtet hatten. »Von nun an komme ich in Käpt'n Dells Sonntagsschulklasse.«

»Gut«, sagte Ralf mit Eifer. »Aber, Kalle, es gibt etwas Wichtigeres, als nur mitzukommen.«

Ich wußte, worauf Ralf hinauswollte, so

betete ich mit offenen Augen, daß Kalle den Herrn Jesus als seinen Retter annehmen würde. Es mag merkwürdig klingen, aber es ist ganz unwichtig, wo du bist, wenn du betest, weil der Herr Jesus dich ja zu jeder Zeit und an jedem Ort hören kann.

»Du weißt, wie Spinne dein Leben gerettet hat, indem er dir ins Wasser nachsprang, und du weißt auch, wie glücklich du darüber warst. Nun gut, Jesus starb wirklich für dich, Kalle, um dich von deinen Sünden zu erretten und dir wirkliches Leben zu geben«, fügte Ralf hinzu.

»Durch das, was Spinne getan hat, kann ich leichter glauben und verstehen, was Christus für mich getan hat, Ralf«, sagte Kalle mit leiser Stimme. »Ich wollte euch sagen, daß ich viel darüber nachgedacht habe, seitdem ich dem Tod so nahe war.«

»Wenn du willst, kannst du jetzt Christus als deinen persönlichen Heiland annehmen«, sagte Mops.

»Ich will es«, kam es leise von Kalles Lippen, und er meinte es wirklich ernst.

Einige Sekunden später beugten wir uns zum Gebet, und ich kann dir sagen, es war wunderbar zu wissen, daß unsere Gebete erhört worden waren.

Kurze Zeit später kam die Krankenschwester herein und sagte uns, daß die Zeit abgelaufen wäre. Wir schlüpften hinaus und versprachen Kalle, ihn jeden Tag zu besuchen. Ich mochte den lockenköpfigen Jungen sehr gern, und später wurde er einer meiner besten Freunde.

Auf den Stufen vor dem Krankenhaus sagte Mops: »Jungs, erinnert ihr euch noch an den Vers, den Käpt'n Dell zitierte, als die ›Arche Noah‹ zuerst verschwunden war? ›Und wir wissen, daß denen, die Gott lieben, alle Dinge zum besten dienen, denen, die nach seinem Vorsatz berufen sind.‹ «